Qianxun-Culture
—图书·影视—

旧

Old dream

梦

困倚
危楼

著

长江出版社
CHANGJIANG PRESS

目录

CONTENTS ✦

目录

C O N T E N T S

✦

第一章　覆辙

他还是义无反顾，他还是奋不顾身，他还是一脚踏进这陷阱中来。

林家的大权易主了。

一家子人挤在林宅的客厅里，等着那个曾经被赶出家门，如今却成为林氏集团掌权者的男人的出现。

只有林嘉睿心不在焉。

他坐在靠近窗口的位置，侧着头朝窗外望去，可以看见院子里开得正艳的牡丹。

他想象一双美人的手抚过娇嫩花瓣，手腕纤细白皙，手指根根如玉，被那艳红色的牡丹衬得更具风情。

镜头缓缓上移，往上是一截莲藕似的手臂，再上去则是墨绿色的缎子旗袍……

"嚓，嚓，嚓。"

想象中的画面被一阵脚步声打断，原本喧闹不已的客厅瞬间变得鸦雀无声。

林嘉睿知道来的人是谁。

但是他没有回头，照旧望向院子里的那一丛牡丹，脑海中的场景飞快地转换着。

这次出现在眼前的是秦淮河边的夜景，怀抱琵琶的古装女子低眉垂眼、欲笑还颦，指尖轻轻一拢，一首动人心弦的曲子便倾泻而出。

"林嘉睿。"

念出他名字的男性嗓音低沉悦耳，一下就盖过了那首琵琶小曲。

林嘉睿心头一颤，瞬间回到了他所处的这个现实世界。

他缓缓转过头来，抬眼看向阔别十年之久的熟悉容颜。

英俊的眉眼一如往昔。

林易脸上没有留下多少岁月痕迹，无论何时何地，他嘴角总像噙着一抹笑，眼神却永远冰冷无情。

林嘉睿的呼吸有一秒钟的停顿。

仅仅一秒而已。

那么多的恩怨情仇，原来，也不过是这样一秒。

林嘉睿不由得微笑起来："叔叔，好久不见。"

每月 12 日的下午 3 点，林嘉睿都会准时出现在街角的心理诊所。

诊疗室的窗台上摆放着素雅的鲜花，音响里播放着柔和的音乐，林嘉睿躺在窗边舒适的长沙发上，半阖着一双眼睛，绘声绘色地描述自己的奇妙梦境："……紧接着，那条鲨鱼张开血盆大嘴，露出整排尖利的牙齿，而我要找的那把钥匙，就藏在它的牙齿里。"

"然后呢？"心理医师徐远边听边频频点头，偶尔在纸上写下一些文字，问，"你找到宝藏的钥匙了吗？"

"找到了，用我的一条手臂做交换。"

"你打开宝藏的大门了？"

"嗯，打开了。"

"里面有些什么？"

"有……"林嘉睿闭上眼睛，深深地叹一口气，"一滴眼泪。"

"眼泪？"

"没错，那滴泪珠一落进我的掌心里，就消失不见了。"

"相当有趣的梦境。确切地说，你做的每一个梦都非常奇特，如果拍成电影的话，应该会很精彩。"

"唔，有机会可以试试。"

"不过除此之外，林先生你没有其他想谈的吗？比如你的生活，你的事业，你的情感……我希望能帮你更多。"

林嘉睿打了个哈欠，道："你已经帮上大忙了。花大价钱来心理诊所的人，有的喜欢倾诉自己的秘密，有的喜欢抱怨自己的烦恼，而我只是想说说昨天晚上做了个什么样的梦，难道不可以吗？"

"当然可以，梦境也是现实生活的一种反映。"徐远若有所思地转了转笔，突然问，"林先生，你有多久没哭过了？"

林嘉睿紧闭着双眼，仿佛仍旧沉浸在虚幻的梦境当中。

隔了好一会儿，他才淡淡地说："人一辈子能掉多少眼泪？十八岁的时候哭够了，到了二十八岁的时候，当然就哭不出来了。"

"该发泄的时候就要发泄，如果一味地压抑情绪，对你的心理健康并无益处。"

"徐医师，一个钟头的诊疗时间已经超过了吧？我可不想另外加钱。下个月12号，我再过来这边喝茶。"林嘉睿伸了伸懒腰，慢腾腾地从沙发上坐起来，T恤配球鞋的打扮让他那张娃娃脸显得更为年轻。

徐远拿他毫无办法，只好叹道："希望你下次来的时候，能聊聊你真正想说的故事。"

林嘉睿只当没有听见，随意地挥了挥手。

快走到门口时，林嘉睿忽然脚步一顿，回头道："对了，我有没有跟你提过，我那个被赶出家门的叔叔，最近从国外回来了，而且还成了林氏集团的掌权人？"

林嘉睿每次来诊所接受治疗，都只是滔滔不绝地讲述他那些光怪陆离的梦境，很少提到其他的人或事，因此徐远马上意识到，这个所谓的叔叔绝不简单，忙问："哦？你们的关系应该不错吧？"

"他只比我大了几岁，我们两个可以说是一起长大的。不过后来发生了一些事情，我记得他曾经说过，他恨林家的每一个人。"

豪门世家就是如此，为了争夺财产，父子兄弟之间也会反目成仇。

徐远知道林嘉睿的家庭背景，因此了然地点点头，接着又问："那他是个什么样的人？"

"他？"林嘉睿皱了一下眉，目光似穿过了重重叠叠的旧日时光。

但他很快就清醒过来，并没有回答徐远这个问题，仅是拎起自己的背包，慢悠悠地晃出了门去。

林嘉睿出门一般会有司机接送，但唯有来诊所的这一天，无论刮风下雨，他都只是步行来去。

一方面，他是不想让多余的人知道他的隐私，另一方面也是想边散步边发发呆。

不过他的思维跳跃得太快，脑海里一会儿上演星球大战，一会儿又变成了古装大片，刚想静下心来琢磨一下新戏的剧本，就见一辆黑色轿车缓缓从后面开了上来。

坐在车里的男人戴一副大墨镜，相貌比他所知的任何一个电影明星都英俊。

男人嘴角微微噙着笑，降下车窗道："上车。"

简单明了的命令式语句，态度十分霸道。

林嘉睿没有多想，拉开车门坐了进去。

"我刚从林家出来，正打算去吃晚饭，一起吧。"林易抬脚踩下油门，不等林嘉睿答应就发动了车子，"你出门怎么不开车？"

"没考驾照。出门要么有人接送，要么靠两条腿走路，反正我自己没兴趣开车。"

"大少爷脾气。"

林易笑出声来，一只手握着方向盘，另一只手敲出支烟来塞进嘴里，然后把打火机扔给了林嘉睿。

林嘉睿动作熟练地帮他点上烟。

林易望他一眼，问："听说你现在当了导演？怎么会跑去干这一行？我记得你以前说想要学医的。"

"人总是会变的。"林嘉睿连眼睛也不眨一下，道，"而且我当导演，总比某人当奸商强得多。"

林易听得哈哈大笑，接着又跟林嘉睿闲聊了几句，最后在一家酒店门口停下了车子。

座位是早就订好的，在顶楼的旋转餐厅里，从窗口望出去，能看见这个城市最美丽的夜景。

林嘉睿静静欣赏了一下这动人的美景，忍不住问："你原本打算带谁过来吃饭？"

"我一个人。"

"林夫人没和你一起回国？"

"哪个林夫人？"

林嘉睿看不出他是不是在装傻，想了想，还是解释道："跟你结婚的那个女人。"

"啊，"林易这才恍然大悟，低声道，"没有这个人。"

林嘉睿扫一眼他没戴戒指的左手："离婚了？"

"原本就只是各取所需……"

"所以可以轻易分开。"

林嘉睿替他把剩下的话说完了。

林易只是笑笑，一点也没有反驳的意思。

十年不见，他的性格完全没变。

若是十八岁的林嘉睿，可能会骂他混蛋，而现在二十八岁的林嘉睿，却只是扯一扯嘴角，低头去看菜单。

等到红酒送上来后，林嘉睿拿起酒杯跟林易碰了碰，道："恭喜你成为林氏集团的新主席。"

林易一口饮尽杯中的酒："这是我应得的。"

他为了重回林家，为了报复那些令他绝望、令他疯狂的人，连自己的婚姻也可当作筹码，还有什么做不到的？

林嘉睿能猜想到其中的曲折，但仍旧有些疑惑："你是怎么弄到那些股份的？"

"你大哥喜欢赌博，你三哥喜欢冒险，至于你二姐……"林易又给自己倒了一杯酒，笑说，"你大概不知道吧？她在外面有一个小情人。"

林嘉睿挑了挑眉，倒是一点也不觉惊讶："每个人都有弱点，而你正好抓住了他们的把柄。"

"嗯，现在只剩下你了。"

"我？我既不好赌，也不爱冒险，更不可能有小情人……我很好奇，你认为我的弱点是什么？"

林易放下酒杯，似笑非笑地望了林嘉睿片刻，轻轻吐出几个字来："我——你最崇拜的叔叔。"

林嘉睿的身体一阵僵硬。

太多的回忆在脑海里闪现，他怎么也料不到，过去了那么多年，经历了那么多事，眼前这个人仍会对自己有这么大的影响力。

他要用力地攥紧拳头，才能镇定下来，冷笑道："叔叔，你会不会太自视甚高了？"

林易好像早就料到他会有这个反应，不慌不忙地坐回位置上，另外起了一个话题："我一直没有搬回林家大宅，你猜我这几天都住在哪里？"

不等林嘉睿去猜，他就用手指敲了敲桌面，自己回答道："就是这家酒店。"

"怎么样？要不要去我房间里叙叙旧？"

林嘉睿睁大了眼睛瞪住他看。

林易像安抚小动物似的揉揉他的头，哄道："你好好考虑一下吧，不用急，我等你一支烟的时间。"

然后他真的摸出打火机，旁若无人地抽起烟来。

他夹烟的手势很潇洒，连吞云吐雾的样子也充满了魅力。

当缭绕的烟雾渐渐散去后，他随手摁灭烟头，什么话也没说，转身就走。

林嘉睿没有抬头去看林易离去的背影，因为他知道那个人绝对不会回头。

说好了只等一支烟的时间，那么，那个人就连一分一秒也不会多给。

不是早就清楚那个人的性格了吗？

林嘉睿苦笑一下，终于还是追了上去。

是的，他承认，林易就是他的弱点。

林嘉睿记不清后来是怎么睡着的，只记得时间太晚，他干脆在酒店住了下来。

半梦半醒间，他仿佛回到了某个梦境中——就像他曾经绘声绘色地向心理医生描述的那样，他在冰凉的海水中寻找宝藏的钥匙，凶狠的鲨鱼直扑过来，一下子将他撕得粉碎。

他在汹涌的海浪中挣扎喘息，剧烈的疼痛令他的身体不断颤抖，但他还是坚持了下来。

他恍恍惚惚地打开了宝库的大门，里面空荡荡的，仅有一滴透明的泪珠。

林嘉睿小心翼翼地伸出手。

但那滴眼泪刚落进他的手里，就消失得无影无踪。

林嘉睿从稀奇古怪的梦境中清醒过来时，天色已经大亮了。

卧室门没关，能一眼看见客厅里的人。

林易起得比他早些，正对着镜子打领带。

林嘉睿睡得腰酸背痛，好不容易才拥被而起，与镜子里那个英俊男人对望，问："这么早就要出门？"

"嗯，早上董事会要开个临时会议。你也一起去？"

"不用了，"林嘉睿摆摆手，立刻说，"我对公司的事没兴趣，就算你把林氏搞垮了，我也不会关心。"

林易哈哈一笑，走进来凑近了，在他的头上揉了一把。

林嘉睿顺手帮他整理一下西装，从他兜里摸出一张名片，扫过一眼后又重新放回去，道："我以为你早就改名字了。"

"还早。"林易仍旧在笑，只是眼神里多了几分戾气，"在我的心愿达成之前，我是不会改掉'林'这个姓的。"

林嘉睿便什么都明白了。

他的目标始终未变。

他是……为了复仇而来。

林易走后，林嘉睿又倒回床上睡了一觉。

直到快中午时，他才起来洗漱一番，照旧穿着 T 恤和球鞋出了门。

他在楼下餐厅吃过午饭，走出酒店大堂时，一个穿黑西装的高大男人迎了上来，颇为恭敬地冲他喊："小少爷。"

这男人相貌普通，只是脸上的一道伤疤格外显眼，令人印象深刻。

林嘉睿怔了怔，想起这人是林易身边的一个跟班，许多年前就跟着林易混了，有个外号叫作刀疤。

他应了一声，问："有事？"

刀疤搓了搓手，笑道："老大听说小少爷你没考驾照，怕你出门不方便，所以派我过来当个司机。"

林嘉睿天生就是少爷脾气，林易既然送了这个人情，他当然也不会客气，点头道："正好我今天约了人喝茶，就麻烦你送我过去吧。"

刀疤忙去把车开了过来。

林易倒挺大方，连自己的座驾都留给了林嘉睿，也不知他早上是怎么去公司的。林嘉睿坐进车内，报过地址后，忽然开口问道："他这几年过得怎么样？"

虽然没有指名道姓，但车内的两个人都知道这个"他"指的是谁。

刀疤一边开车一边答："还能怎么样？干我们这一行的，今天不知道明天事。偏偏老大又是个忙起来不要命的人。有一次他在床上昏迷了三天三夜，差点就醒不过来了。"

"他不是娶了个大佬的女儿吗，难道帮不上忙？"

"哈哈，能在这一行站住脚跟的，哪个不是累死累活拼出来的？要是没有点真本事，随便娶谁都没用！好在老大现在已经退出江湖了，我们这些当小弟的，也能跟着他过几天安稳日子。我老婆前不久给我生了个女儿，我要是还像以前那么拼命，万一累出个好歹……"

刀疤一打开话匣子，就滔滔不绝地说了下去。

林嘉睿没再出声，眼睛不知不觉看向窗外，开始一门心思地构思他的新电影。

林嘉睿从小立志要当医生，后来却因为一些变故退了学，改念电影系后，竟然跑去当上了导演。

他究竟有没有才华还不好说，但林家的财力、势力是毋庸置疑的，投资一笔一笔地砸下去，果然砸出了几部风格独特的文艺片。再加上几个影评人一吹捧，林嘉睿渐渐在圈内混出了点名气，不少人听说过林公子的大名。

林嘉睿这次约了喝茶的，就是他新剧的男主角人选。

对方名叫顾言，是圈内出了名的花瓶演员，虽然脸长得很漂亮，但毫无演技。

好在林嘉睿对这个并不介意，只要符合剧中人物的形象，能拍出他心目中的故事，就算男主角是个真花瓶也无所谓。

汽车开得飞快，没多久就到了目的地。

林嘉睿跟顾言约在仿古街的一家茶楼碰面。

茶楼临河而筑，从里到外的装修都是古色古香的，踏上窄窄的木质楼梯时，还能听见"咯吱咯吱"的声响。

窗子一打开，就能看见河岸两边柳树的摇曳身姿，下午三四点钟的时候，落下的夕阳把楼房的影子拖得长长的，仿佛连时光也变得悠闲而漫长了。

这一顿茶喝得还算惬意。

顾言的相貌当然无可挑剔，而且性格也很对林嘉睿的胃口，一点没有大明星的架子。

听林嘉睿说完剧本后，顾言坦白说自己没有演技，比较适合演花瓶类的角色。

既识进退，又懂分寸——林嘉睿最欣赏他这一点，当即拍板道："我不管你是本色出演，还是用的演技，甚至完全不会演戏也无所谓，只要能演好我的电影就行了。"

"林导对我这么有信心？"

"错了，我是相信自己的眼光。"

林嘉睿干脆利落地结束了话题，也不管顾言答不答应，反正认定了顾言会接这部戏，留下联系电话后就告辞了。

这么快就选定了新剧的男主演，林嘉睿自然心情不错。

他走出茶楼一看，发现刀疤竟然还在门外等着，看来是打定主意要给他当司机了。

林嘉睿也没发表意见，径直开了车门坐上去，道："回酒店。"

刚才跟顾言喝茶的时候，林易早发了短信过来，要他回去陪自己吃饭。

林嘉睿没回短信，但也没打算再去别处，回酒店房间洗了澡换了衣服，出来后却不见林易的踪影。

他确实觉得有点饿了，便四下里找了一圈，最后终于在酒店附设的室内泳池找到了林易。

这个时间没什么人游泳，清澈的水面泛着粼粼的光。

林易在水中的姿态十分优美。

他肤色比林嘉睿略深一些，并无一身夸张的肌肉，但身体显然也是长年锻炼过的。短而黑的头发被水打湿了，晶亮的水珠子顺着发梢淌下来，一滴一滴地滑过脖颈，在屋顶水晶灯的照耀下，似乎连肌肤上也笼着一层淡淡的光芒。

林嘉睿一步一步走到泳池边站定了，抱着胳膊看林易游泳。

林易又游了两个来回，才"哗啦"一声蹿上水面。

他懒洋洋地趴在泳池边上，朝林嘉睿招呼道："回来了？吃过饭没有？"

林嘉睿摇头。

林易满意地笑笑，道："我再游一圈。待会儿一起吃吧。"

说着，他视线在林嘉睿身上打个转，问："要不要下水玩玩？"

"不用了，我又不会游泳。"

"我可以教你。"林易含笑道。

但林嘉睿不为所动，连哼都不哼一声，掉头就走。

谁知他右脚刚迈出半步，就觉左脚一痛，脚踝被一只湿漉漉的手给抓住了。

林嘉睿脸色骤变，只听身后传来林易低沉的笑声，接着就被一把拽进了水里。

哗啦。

水花四溅。

屋顶上镶着彩色玻璃，被灯光这么一照，越发晃得刺眼。

林嘉睿几乎是立刻就闭上了眼睛，像所有不会游泳的人一样，在水里使劲扑腾了两下。

带着消毒水味道的池水一下就涌进了口鼻，林嘉睿狠狠呛了两口水，手脚忽然僵在那里，灌了铅似的直往下沉。

"小睿？"林易发觉不对，连忙伸手将人托住。

林嘉睿听而不闻，双目仍旧紧闭着，终于意识到自己正身处水中。

不是梦境中风平浪静的大海，而是真实的、铺天盖地的水！

他双手重得抬不起来，感觉身体在水里沉沉浮浮，恍惚间，仿佛回到了许多年前的那个下午——蓝天白云，鸟语花香，远处的教堂传来"当当当"的钟声，他整个人浸在水中，既不挣扎也不呼救，任凭冰凉的水漫过头顶，一点一点将自己吞没。

"林嘉睿！"

突如其来的大喊声一下把林嘉睿从回忆中震醒。

他慢慢地回过神来，这才发现林易已经托着他的腰浮出了水面。

他的四肢仍旧僵硬，但只要张一张嘴，就能呼吸到新鲜空气。

林嘉睿试着吸一口气，却因为刚才呛到水的关系，狠狠咳嗽起来。

林易拍了拍他的背，问："怎么回事？我不过开个玩笑而已，吓到你了？"

"没事。"林嘉睿隔了半天才找回自己的声音，"只是吓了一跳。"

林易凑过来理了理他微湿的鬓角，说笑道："没事就好，你刚才一副快要溺水的样子，我还以为自己要给你做人工呼吸了。"

水光与灯光交杂在一起，让林嘉睿仍陷在短暂的茫然中。

他虽然听见林易说了些什么，但一时间根本反应不过来。

他这迷茫的样子无疑是有些古怪的。

林易眉心微蹙，手在泳池边撑了一把，再用力拽住林嘉睿的胳膊，将他从水中拉了出来。

林嘉睿新换的白衬衫已经完全被水打湿了，夜风一吹，身体就不受控制地发起抖来。

林易来时把浴巾扔在旁边的躺椅上，这时便扯过来裹在林嘉睿的身上，替他擦拭还在滴水的头发。

林嘉睿脸色苍白，嘴唇毫无血色，但他迅速控制住了自己的表情，抬手抢过浴巾，道："我先回房间换件衣服，回头再陪你吃饭。"

声音平静得无懈可击，连一丝一毫的情绪也未透露。

是了，最可怕的都已经历过了，从十年前的那一天开始，再没有什么事能令他惊慌失措。

林易深深地望了他一眼，突然按住了他的那只手，道："你在发抖。"

"刚从水里出来当然会觉得冷，你要是再不让我回去换衣服，我可真要感冒了。"

林易并不理会他的解释，只是上下打量着他，一字一字地问："小睿，你是不是溺过水？"

"什么？"

"你刚才在水里的反应很不寻常，像是曾经有过溺水的经历，所以吓得手脚僵硬，连动都不敢动了。"

林嘉睿眼皮一跳，不动声色地说："你的想象力太丰富了，我只是不会游泳而已。下次要开玩笑，记得先跟我打个招呼。"

说罢，他甩了甩身上的水珠，披着大浴巾走出了游泳室。

林嘉睿换过衣服后，两人总算坐在一起吃了顿晚饭。

林易显然并不相信林嘉睿说的话，但也没有继续追问下去。

他们曾经一起长大，形影不离、亲密无间，但那以后有着整整十年的空白。

十年里发生过什么，似乎并无必要一一道来。

当天晚上，林嘉睿做了一个与平常大不相同的梦。

他没有上天入地地寻找宝藏钥匙，也没有你死我活地跟怪物搏斗，他只梦见了茫茫的水。

能够吞噬一切的水。

而林易，正躺在那样的水底。

林嘉睿当即就被惊醒了。

醒来时正是半夜，他静静地躺了一会儿，用手遮住自己的眼睛，在黑暗中无声地笑了。

他知道的。

无论多少次，他都会跳进水中。

林嘉睿理所当然地在酒店住了下来。

林易每天穿西装打领带，正正经经地去公司上班，而他则继续为新电影忙碌。

虽然男主角的人选已经定下了，但还有一大堆事情需要解决，林嘉睿性格冷淡，所剩无几的热情都投注在了电影上，无论是剧本的修改还是服装道具的选择，他都喜欢亲力亲为。

反正他既不缺钱也不缺时间，只怕拍不出好电影。

这天林嘉睿约了顾言讨论剧本，从咖啡厅里出来时，才发现司机换人了。

林易挟着烟靠在汽车边，身上穿一件纯黑的丝质衬衫，早上打好的领带不知扔去了哪里，领口的扣子解开了两三粒，露出修长的脖颈和微微晒黑的胸膛。

他动作熟练地吸了口烟，再缓缓吐出缭绕的白雾，神情潇洒中透着萧索，仿佛一出无声的戏。

这一刻，连夏日微醺的风，以及婆娑树叶中落下来的光与影，也都成了他的背景。

林嘉睿看得怔了怔，不知该摆出一副什么样的表情，便干脆木着一张脸走过去，道："今天这么早就下班了？"

"在公司闷得要命，我出来透口气。"林易先给林嘉睿开了车门，再转回去坐进驾驶室，道，"整天不是开会就是看文件，真是头疼。"

林嘉睿轻声说："自作自受。"

林易也不动气，只微笑着瞅他一眼，随手扔了样东西给他。

林嘉睿以为又是打火机，低头一看，却是一枚房间钥匙。

他进出酒店房间都是用的房卡，当然用不着钥匙，所以……

他太了解林易了，很快就明白过来："你买房子了？"

林易点点头，顺便报上地址。

林嘉睿听说过那片住宅区，市中心的黄金地段，绝对是寸土寸金。

不过他向来对金钱没什么概念，也没放在心上，道："我以为你会一直住酒店。"

"酒店住久了也不方便，现在换成三室两厅的公寓，小是小了点，不过两个人住足够了。"

"这是要邀我同住吗？"

"两个人一起住，也好有个照应。"林易笑了笑，并不征求林嘉睿的意见，直接说，"房子早就装修好了，今天就可以搬过去，你要不要回林家收拾一下东西？"

林嘉睿想了想，道："也好，正巧我有几本书要拿。"

他那天上了车就跟着林易走了，连件换洗的衣服都没带，现在穿的还是林易的衬衫，确实有必要回去一趟。

林易看看时间还早，就把方向盘一打，掉转车头往林家的方向开去了。

林宅是幢带花园的旧式别墅，园中种了郁郁葱葱的花草，东边的葡萄架上爬满绿色藤蔓，夏季格外阴凉。大门外是一条林荫大道，虽然不是位于繁华的市区，但胜在环境清幽、空气清新。

林家叔侄从小就住在这栋房子里，从少年期到青年期，那些或美好或苦涩的回忆，统统留在这个地方。

但林易显然没打算旧地重游，车子在门口停下后，他便冲林嘉睿扬了扬下巴，道："去拿东西吧，我等你。"

林嘉睿已经开了车门，闻言转回头来看他，问："你不进去打个招呼？"

　　"不用了，上次来也不受欢迎，何必自讨没趣？"林易敲出一支烟来点燃了，望着三层别墅尖尖的屋顶，脸上浮现出一点冰凉的笑意，"等哪天我一把火烧了这房子之后，可能会考虑进去转转。"

　　林嘉睿第一次发觉，原来夏天的风也能凉得彻骨。

　　但他脸上还是没什么表情，漠然道："随你高兴。"说完就抬脚下了车。

　　林易既然不肯进屋，林嘉睿便也不想惊动太多人，穿过悄无声息的庭院后，从旁边的小楼梯上了二楼。

　　他的房间在二楼走廊的尽头，平常除了来打扫的帮佣，很少有人会踏足。

　　他每天早出晚归，尽量不跟家里人碰面，而其他人也很有默契地当他不存在，这一路走来，果然一个人也没遇上。

　　林嘉睿的房间布置得相当简单，除了半柜子的书，几乎没有多余的东西。

　　所以他也不用费心收拾，只拣了几件常穿的T恤出来，再加上几本电影方面的专业书，最后连个小小的行李箱也没塞满，一只手就能拉着走了。

　　这时候已近黄昏，夕阳将林嘉睿的影子拖得长长的，他拉着行李箱走下楼梯，脑海里不由自主地构思出一个流浪旅人的故事。

他正琢磨着如何让这个旅人停下脚步，却忽见眼前人影一闪，有人从楼梯旁的厨房里走出来，跟他撞了个正着。

"咦？小睿？"

这人比林嘉睿略大几岁，嘴里咬着半块蛋糕，一边吃东西一边露出惊讶的表情，他的声音因此变得十分滑稽。

"三哥，好久没见了。"林嘉睿从从容容地招呼道，"你刚从国外回来？"

"嗯，前段时间跟朋友去了尼泊尔，你不知道，那边……唔……"林嘉文三两下把蛋糕吃完了，到这时才发现林嘉睿脚边的行李箱，好奇道，"怎么回事？你要搬出去住？"

"是有这个打算。"

"为什么？是不是大哥又欺负你了？还是二姐又说难听的话了？唉，其实他们两个就是嘴上厉害，心里还是把你当成弟弟的。你要是不爱听，别理他们就是了。对了，不如跟我一起出门吧？我最近正在学跳伞，又刺激又好玩，保证你会喜欢上的。"

林嘉睿听得微笑起来。

他这个三哥跟他一样，是典型的富家少爷，吃喝玩乐样样精通，只是不干正经事。林嘉文天生最爱冒险，一会儿跑去丛林探险，一会儿又玩极限运动，一年到头没几天消停的。

虽然总是见不到人影，但林嘉睿和他的关系还算不错，耐着性子听他唠叨完了，才开口道："三哥不用担心，我只是在家里待腻了，想出去住一段时间而已。"

"你一个人住？"

"两个人。"

"交女朋友了？"林嘉文先是一喜，接着却脸色大变，"我听说林易那个混蛋回来了，小睿，你该不会是……"

　　林嘉睿没有隐瞒，坦然道："正像你想的那样。"

　　"林嘉睿，你疯了？"

　　"我自认神志还算清醒。"

　　"难道你忘了林易从前是怎么骗你的？他现在说几句好听的话，你就又掉进他的圈套了？你想想他是什么身份！只要你还姓林，只要你身体里还流着林家的血，他就永远不会真心把你当作亲人！"

　　林嘉文的情绪有些激动，林嘉睿正相反，淡淡地"嗯"了一声，声音平静得近乎可怕："我知道。"

　　"但你还是要跟他来往？"

　　"没错。"

　　"好，"林嘉文怒极反笑，"要不要上当是你自己的事，别人管不着，可是你不要忘了，爷爷是被谁给气死的！"

　　话落，屋子里倏地安静下来。

　　天色早就完全变暗了，只外边的路灯透进来一点微弱的光。

　　半明半暗的光影里，林嘉睿白皙的侧脸显得异常冷漠，嘴角慢慢往上一弯，道："多谢提醒，爷爷当初是怎么过世的，我一直记得清清楚楚。"

　　林嘉文话一出口就后悔了，这时恨不得咬掉自己的舌头，连忙说："小睿，我是气糊涂了才会胡说八道，刚才那句话不是故意的，你千万不要放在心上。"

　　"我明白。"林嘉睿神色如常地瞥他一眼，道，"不小心说出口的，往往才是真心话。"

林嘉文一下噎住了。

林嘉睿反而心无芥蒂，好像什么都没发生过一样，十分自然地拍了拍他的肩："我先走了，三哥早点休息吧，有空电话联系。"

说完挥了挥手，拖着他那只行李箱出了门。

林易的车还在门外等着。

他不是那种耐心十足的人，唯有在某些特别的时刻，才会表现出超乎寻常的耐力。

譬如，等待一只猎物的落网。

林嘉睿了解林易，正如左手熟悉右手。他知道所谓的互相照应只是幌子，让他搬出林宅，从此跟林家决裂，这才是林易想要的。他甚至可以轻而易举地想象出，林易是怎样在黑暗的车子里一边抽烟一边等待，胸有成竹地等着自己落进网中。

林嘉睿回过头，深深地看了一眼夜色中寂静无声的林宅，然后走回汽车边，轻轻敲了敲车窗玻璃。

林易立刻开了车门，长臂一伸，一把将他捞进车里，带着烟草味的气息喷在他耳边，问："怎么去了这么久？"

"出来的时候碰见我三哥了。"

"呵，那个败家子。他知道你要搬出来的事了？他肯定反对你跟我来往，是不是？"

"嗯，三哥气得要命，狠狠骂了我一顿。"

林易的手指在黑暗中摸索一阵，安抚似的捏了捏林嘉睿的后颈，声音低沉而又笃定："但你还是来了。"

……是。

他还是义无反顾，他还是奋不顾身，他还是一脚踏进这陷阱中来。

林嘉睿自嘲地笑笑，微微闭上眼睛。

黑暗中，他听见林易的声音在耳边响起，一字一句都像敲在他的心上："小睿，忘记过去那些事，我们重新认识吧。"

第二章　鸣蝉

那样奢侈的美梦，
他此生再没有做过。

"我虽然听说过相逢一笑泯恩仇，却从来不相信，相互憎恨的两个人还能重新认识。"

"那岂不是只能悲剧收场了？"

"是啊，这个结局不好吗？"

"观众一般都更喜欢大团圆结尾。"

"俗气。"

林嘉睿半躺在舒适柔软的沙发上，毫不留情地批评道。

徐远苦笑一下，实在不明白话题怎么会转到这个地方。

身为一个心理医生，他接待的病人一般都会有些怪癖，而每月 12 日下午出现的林先生，无疑是其中最特别的一位。

林嘉睿喜欢讲各种各样的故事。

他不是那种能言善辩的人，性格甚至算得上冷漠，但一个个天马行空的梦境从他嘴里说出来，却特别引人入胜。

他今天又娓娓而谈，描述了一出狗血大戏：两个最亲近的人反目成仇，花朵盛开在鲜血浇灌而成的土壤上，看似妖娆美丽，实则饱含着致命的剧毒。最终一切无法重来，曾经的挚友成为永远的仇敌。

徐远不知不觉地跟林嘉睿讨论起来，这时才发现应该扯回正题，努力咳嗽几声，道："林先生，我认为……"

林嘉睿从沙发上坐起来，比了一个暂停的手势："时间差不多了，今天就到此为止吧。"

徐远一怔："还没到一个小时。"

"我晚上约了人吃饭，再不走就要迟到了，下个月再来找徐医生你聊天吧。"

花钱的是大爷，徐远对此当然没有意见，只是林嘉睿快走到门口时，他忍不住出声喊道："林先生。"

"嗯？"

"刚才那个故事，是你新电影的剧本吗？"

"错了，"林嘉睿干脆利落地挥了挥手，头也不回地说，"只是我的一个梦而已。"

那天离开林宅之后，林嘉睿顺理成章地跟林易住在了一个屋檐下。

两人还是延续之前的相处模式，一个忙工作，一个忙电影，生活平淡得毫无波澜。

这期间，林嘉睿的二姐也听说了他搬出来住的事，打了电话来痛骂他一顿。他像往常那样，安安静静地听完每一个带侮辱性的字眼，一句话也没有反驳。

相比之下，新电影的筹拍倒是十分顺利，各方面的资源都已经到位，开机的日期也已定下了。林嘉睿跟顾言尤其投缘，两人聊过几次之后，毫无意外地成了朋友。

林嘉睿晚上正是约了顾言吃饭，他们先是讨论了一下拍定妆照的事，接着又提到美术馆最近正办一个画展，林嘉睿对这个挺有兴趣，顺便邀顾言一起去看看。

顾言在这方面毫不做作，马上明确表态："老实说，我这个人没什么艺术细胞。"

林嘉睿最喜欢他这性格，脸上露出一点笑容，道："这跟懂不懂艺术没关系，美的东西就是美的。"

顾言反正没有其他事情，便点头答应了。

林嘉睿不会开车，第二天就让顾言当了一回司机。

到美术馆的时候已是下午了，这个时间没什么人来看画展，整个展厅里空荡荡的，灯光打在各式各样的画作上，有一种清冷寂寥的味道。

林嘉睿安静地往前走，一样样展品看过去，走过某个转角时，目光忽然被墙上的一幅画吸引住了。

那是一幅风景画，画面描绘的是水天一色的瑰丽场景，近处海浪接天，远处碧空如洗，背景处隐约可见悬崖峭壁，崖顶建着一幢洋房，正透出淡淡的橘黄色灯光。因为只有寥寥几笔，所以也分辨不出这光芒到底是真是幻。

林嘉睿觉得有些惊心动魄。

你永远也不知道，回忆会在什么时候跳出来，像条毒蛇似的咬你一口。

他在那幅画前驻足许久，直到顾言走过来叫他，他才定了定神，掩饰着说："大自然的美真是令人敬畏。"

他的表情绝对不算自然，但顾言没有说破，立刻表示赞同。

两人接着又聊了些无关紧要的话题，连晚饭也一块吃了，只是林嘉睿心不在焉，自己都记不清说了些什么，吃完饭就跟顾言道别了。

他一个人慢吞吞地往公寓走，脑海里全是那幅画中的场景，怎么也集中不了精神，所以一回家就倒头睡下了。

这一觉睡得并不踏实，半梦半醒间，他似乎听见了林易回来的声音。

林易这段时间常有应酬，晚归并不奇怪，但每次都是轻手轻脚的，从来没弄出过这么大的动静。

林嘉睿皱了皱眉，很想抬起头来看看，但实在困得要命，很快又睡了过去。

第二天他醒得特别早，一睁开眼睛，就看见熹微的晨光从窗外透进来，墙上新挂着的那幅风景画，正沐浴在这样的光芒中。

林嘉睿缓缓坐起身，怔然地凝视着眼前的画作，似乎在分辨这到底是真是假。

等到他回过神时，林易推门进来了，声音有些低哑地呢喃道："喜欢吗？这是送你的礼物。"

林嘉睿稍微一想，就明白了前因后果，道："看来我是被人跟踪了。"

林易沉沉一笑，并不认为这行为有什么不妥，道："我只是想给你一个惊喜。"

林嘉睿昨天不过多看了那幅画儿眼，林易当晚就买下来挂进了房间，就算他不在乎这一点钱，花费的心思也算十足了。

可是，偏偏是这一幅画。

林嘉睿早已学会克制自己的情绪，声音却还是有一丝颤抖："谢谢，我很喜欢。"

林易笑问："你打算怎么谢我？"

林嘉睿默不作声。

林易有些奇怪，问："这幅画究竟有什么好的？怎么你看得眼睛都直了？"

"没什么，"林嘉睿连忙移开视线，"只是很像我梦中的一个场景。"

"是个什么样的梦？"

"很普通……很普通……"

林嘉睿的声音越来越低，到最后几乎听不清了，脑海中却浮现了那个梦境。

那是许多年前的一个夏日，天气潮湿而闷热，连树上的鸣蝉都懒得叫唤了，他坐在林宅花园的葡萄架下看画册，不知怎么就迷迷糊糊地睡了过去，醒来时发现头枕在一只结实的胳膊上，林易放大了的英俊脸孔近在眼前。

林嘉睿吓了一跳，挣扎着坐起来，嚷道："林易，你怎么在这里？"

林易甩了甩被他压得麻痹的胳膊，笑说："说过多少遍了，要叫我叔叔。"

"你不过大我四岁而已。"

"就算只大一天也是比你大。"

林嘉睿扭开头不理他。

林易笑眯眯地缠上去，伸手在他脸上捏了一把："怎么回事？还在生我的气？我保证，下次跟朋友出去玩时一定带上你，行不行？"

林嘉睿还是不说话。

林易便使出转移话题的绝招，指了指他的嘴角，道："你刚才做了个什么梦，怎么口水流得到处都是？"

林嘉睿明知他在瞎说，还是抬手擦了下嘴巴，哼哼道："梦见我离家出走了。"

"啊，不带你出去玩就闹失踪，真是孩子气。"

林嘉睿瞪他一眼，手指点住画册上的某幅风景画，道："然后我就去了海边，买下了这幢房子，还养了条大狗。"

"很漂亮的房子。"林易仔细研究了一下画中的洋房，奇道，"不过怎么建在悬崖上？"

"这样风景才好。"

"你一个人享受这样的美景，不找我去做客吗？"

林嘉睿想也不想地说："不找！"

林易觉得好笑，挑挑眉毛，作势要扑上去咬他："臭小子，就知道你没良心。"

林嘉睿这才畅快地大笑起来："哈哈，我特意留了一间房间给你，随时来住都行，还用当什么客人？"

那时候林易身世的秘密还未被揭露，他以为两人是骨血相连的至亲，无论怎么吵吵闹闹，无论怎么恃宠而骄，必定都不会分离。

他以为这普通的梦想必然能够实现。

他料不到后来会有那么可怕的变故。

多年之后，他去了世界上的许多地方，终于找到了相似的一片海，相似的一幢房子。但他并没有买下那幢房子，而是一步步走进冰凉的海水中，固执地用另一种方式让自己继续沉睡。

那样奢侈的美梦，他此生再没有做过。

林易匆匆洗了个澡换了件衣服，一身西装衬得他的腰线尤其好看。

他昨天虽然买下了那幅画，却还没来得及仔细欣赏，这时便趁打领带的工夫多看了几眼，自言自语道："这幅画倒是越看越眼熟，我以前好像在哪里见过……"

"类似的风景画看上去都差不多，本来就没什么新意。"

林嘉睿这么一说，林易也就不再多想，只道："这画以后就挂你房间里了，没问题吧？"

林嘉睿模模糊糊地"嗯"了一声，扯过被子来盖在身上，打算睡个回笼觉。

林易打完领带后，走过来站定在床边。

林嘉睿抬了抬眼皮，问："怎么还不去上班？"

"等你睡着了我再走。反正我去公司也只是签签字、盖盖章，就算迟到也不要紧。"

林嘉睿知道他的习性不改，每天肯定是不务正业的，不过也懒得多管闲事，闭上眼睛不再说话。

他确实是累得狠了，没过多久就沉沉睡去，睡梦中感觉有人替他拢了拢被角，动作前所未有的轻柔。

林嘉睿这一觉又睡到中午才起来，把早饭和午饭一块儿吃了，下午强打起精神出了门。

新电影的开机日期定在 10 月中旬，算起来也没剩多少时间了，因此他这段日子特别忙碌。

尽管有林家这个后台，资金方面是不用愁的，但各种各样的应酬总是免不了的，林嘉睿再怎么有个性，也不可能完全不跟别人打交道。

忙到后来，连林易都开始抱怨他太过忙碌了，时常不见人影。

好在筹备工作进行得还算顺利，开机前一天，林嘉睿总算得了一点空闲，关在家里翻阅资料，为明天的开机仪式做一下准备。

他看得正专注时，耳边忽然响起了开门声。

林嘉睿也不知时间过了多久，以为是到了下班的点，结果抬头一看挂钟，才刚过中午。

林易开门进来，见到他也是吃了一惊，道："原来你今天在家。"

"嗯，明天电影开机，我稍微做些准备。"

林易见他手里拿着一叠纸，笑问："怎么？当导演也要背台词吗？"

"开机仪式之后有个新闻发布会，其中有记者提问的环节，当然是有备无患比较好。"

"我还以为都是临场发挥的。"

"很可惜，我没那么好的口才。"林嘉睿边说边看了林易一眼，"你今天又提早下班？"

"没有，只是回来拿点东西。"

林嘉睿估计是公司文件之类的玩意，也没怎么在意，"哦"了一声之后，继续低头忙自己的。

林易走进房间转了一圈，过一会儿又空着手出来了，显然是没找到他要的东西，问林嘉睿："我昨天晚上换下来的衣服呢？"

"那个啊……"林嘉睿回忆了一下，道，"一大早就拿去干洗了。"

林易跟林嘉睿都是娇生惯养的大少爷，说是住在一个屋檐下，但无论要他们之中的谁做饭洗衣服都是绝不可能的，所以吃饭都是点外卖或者去外面解决，衣服则是送洗衣店。反正林易手下的几个小弟十分积极，隔几天就来跑跑腿，根本不用他们自己操心。

这次也是凑巧，攒了两天的衣服正好早上就去送洗了。

林易想明白这点后，脸上微微变色，连忙掏出手机来打了个电话，叫跑腿的小弟再多跑一趟，把他昨天换下的那件外套取回来。

挂断电话，林易就在旁边的沙发上坐下了，手里抓着一只打火机，随手拨弄上头的金属翻盖，却并不敲出烟来点燃。

林嘉睿被"咔哒""咔哒"的声响弄得有些分心，抬头问："你到底在找什么东西？"

"没什么，"林易的声音有片刻的停顿，想了想，他才说，"只是一只皮夹。"

"原来你每天带着巨款走路。"

"什么意思？"

"皮夹里能有什么东西？除了钱，还是钱。能让你重视到特意跑回家来拿的，一定是巨款无疑了。"

林易笑了笑，说："你怎么知道我很重视？"

当然是从眼神、从表情、从语气里看出来的。林易只是皱一皱眉，林嘉睿也能立刻发觉，若要他写篇研究林易的论文出来，恐怕能填满十页纸。

但林嘉睿不可能把论文扔给他，只好说："我猜的。"

林易调整了一下坐姿，懒洋洋地往沙发上一靠，从容地道："可惜你猜错了，不过是只很普通的皮夹，没什么特别的。"

这是林易的老毛病了，越是在意的事情，越是要装作若无其事。

林嘉睿猜想他要找的东西非但重要，而且还不能让自己知道。

难道又是对付林家的阴谋？

他不怕林易设计自己，却不得不担心林家的其他人。

他这边正充分运用想象力，天马行空地想着，那边跑腿小弟已经把林易的外套送过来了，因为洗衣店离得比较近，前后不过花了半个钟头。

林易也没避着林嘉睿，打发走小弟之后，当着他的面从外套里找出一只黑色皮夹，翻开来确认了一下，相当随意地塞进衣袋里，接着眼角朝他一瞥，道："晚上一起吃饭？"

"好啊，我今晚正好有空。"

"那我先回公司了，晚上见。"

林易扬了扬手，刚从沙发上站起来，林嘉睿就抢先一步走到他跟前，伸手扯住他的领带。

林易被他拦了个正着，不由得沉声笑道："不错，你偷袭的本领大有进步。"

"这要多谢叔叔你的教导。"林嘉睿也跟着笑起来，一只手仍扯着他的领带，另一只手里则拿着那只皮夹。

林易怔了怔，恍然道："看来你偷东西的技巧也不错。"

"我只看一眼，马上还你。"

林嘉睿说着后退一步，翻开皮夹一看，当场愣住了。

林易说得没错，确实没有什么阴谋或者秘密，只不过是一只普普通通的皮夹而已。里面的东西一目了然，随意放着一些现金、几张信用卡，以及……一张旧照片。

照片的主角是个十七八岁的少年，穿一身蓝白相间的校服，头发剪得很短，清清爽爽地露出额头和眼睛，眼神明亮，笑容天真。

林嘉睿怔怔地，回不过神。

明知道照片里的人就是自己，他一时间却有些不敢相认，仿佛正看着一个陌生人。

他几乎忘记了，自己也曾有过这样的表情，粲然得像是连背景里的阳光也能比下去。

"说了只看一眼的，现在已经超时了。"林易伸出一只手来，轻轻捏住林嘉睿手中的皮夹。

林嘉睿深吸一口气，把那张旧照片抽出来，把皮夹递了回去，问："你怎么会有这张照片？"

"不知道是谁说这张照得特别好看，当初硬是要送给我？"

这张照片还是林嘉睿高中毕业时拍的，洗出来之后，他确实兴高采烈地送了一张给林易。

但是，那已是十年前的事了。

林嘉睿沉默了一会儿，道："我以为你早就扔了。"

"现在扔也不算迟。"

说着，林易一把抢过了那张照片。

林嘉睿心头一跳，想也不想就扑上去阻止，结果被林易一勾一带，直接扑了个空。

"骗你的，"林易望着他的眼睛，柔声道，"你送我的照片，我怎么舍得扔掉？"

林嘉睿觉得手脚有些发软。

就像高中毕业时的那个晚上，他偷喝了大哥柜子里的酒，愣头愣脑地跑去找林易，跟他说了一堆心里话。

他这时没喝酒也像是醉了，紧紧抓着林易的胳膊，低声说："别扔……"

林易拍了拍他的背，果然把照片放回皮夹里，小心地收藏好，问："你明天搞那个开机仪式，是不是要早起？"

"嗯，一大早就得出门。"

"那你早点休息吧，"林易道，"明天我送你过去。"

由于前一天睡得太晚，第二天林嘉睿差点爬不起来，最后还是林易把他从床上挖起来，开车送他去了剧组。

所谓的开机仪式只是走个过场，主要还是为了宣传，趁这机会介绍一下电影的主创人员，好让观众有个印象。

林嘉睿这次选的剧本，讲的是一个心理医生的故事，风格上还是延续了他一贯的特点，剧情不怎么突出，重点在于角色性格的刻画和人物心理的描绘。

如此一来，男主角的戏份就显得特别吃重，偏偏顾言又是出了名的花瓶演员，大家最关心的就是他能否演好这个角色。

果不其然，顾言一出场，就成了聚光灯的焦点。

他天生就有一种明星气质，今天虽然只穿了身简简单单的白西装，但一举手一投足都能吸引目光。

记者们的问题大多是冲着他去的，有些问题还颇为犀利，好在顾言应对得体，从容不迫地一一解答。

这次的电影没有真正意义上的女主角，唯一一个戏份重点的女性角色，就是白薇薇扮演的女助手。

白薇薇是如今正当红的小花旦，貌美歌甜，人缘也好得出奇，基本上是演什么红什么。不过她今天似乎不在状态，对于记者的问题都回答得比较敷衍，看上去恹恹的，没什么精神。

林嘉睿这边也差不多，按部就班地对电影做了一番介绍后，就频频打起哈欠来。

正当林嘉睿考虑要不要提前退场时，忽然有记者点到了他的名字。

"林导，你之前拍的几部电影都没什么感情戏，这次的也是一样，请问是故意的还是巧合呢？"

"凑巧而已。"

"那以后会不会尝试拍爱情片？"

"如果能遇到好剧本的话，我当然愿意试试。"

"最后一个问题，你认为什么是爱情？"

林嘉睿一下就愣住了。

他事先虽然做过些准备，但绝对想不到有人会问这么无聊又没水准的问题，结果硬生生被问住了。

　　按理说，他应该说一些漂亮的场面话，轻轻巧巧地把话题带过去，但林嘉睿却将话筒扭到一边，抬头朝四周望了望。

　　台下的人很多，但神态各异，有人抱着胳膊看好戏，有人嘴角含笑仔细听。

　　林嘉睿飞快地收回目光，重新把话筒转了回来，直接说："下一个问题。"

　　他这做法简单粗暴，其实是不太合理的，不过他本身不像顾言那么引人注意，这个小插曲很快就过去了。

　　之后也没发生什么特别的事，开机仪式顺顺利利地结束了。

　　林嘉睿走得最迟，跟顾言等人一一打过招呼后，才回休息室去取自己的外套。

　　他推开休息室的门一看，里面竟然还有个人。

　　白薇薇见他进来，也是吓了一跳，连忙擦了擦脸上的泪痕，强笑道："林导，你还没走啊？"

　　"嗯，过来拿点东西。"

　　"我原本只是想翻翻剧本的，没想到越看越入迷，不小心就……"白薇薇哭得脸上的妆都花了，掩饰着说，"不好意思，让你见笑了。"

　　林嘉睿对剧本了若指掌，确定里面没有让人感动落泪的情节，但他不是爱管闲事的人，并没有揭穿她的谎言，只是走过去拿了自己的衣服，又掏出一块手帕来递给她。

　　白薇薇道了谢，刚接过手帕，手机铃声就响了起来。

她看一眼来电显示，马上就按了拒接，再响，再按掉，最后干脆把手机给关了。

林嘉睿向来尊重女性，这时也不能装作视而不见，便说："剧本还是回家去看吧，我的车就在外面，要不要载你一程？"

"不用了，我自己有开车来。"白薇薇用手帕按了按眼角，道，"我总算明白林导你为什么不拍爱情片了，都是些虚情假意的东西，确实没什么意思。"

林嘉睿听说过一些关于白薇薇的传言，据说她跟某个纨绔子弟关系亲密，后台的来头不小。

这种事在娱乐圈不算新鲜，但看她现在的样子，倒像是动了真情。

林嘉睿最不擅长说安慰人的话，脸上仍是一副冷漠表情，淡然道："与其想着他为什么不爱我，不如想一想，我为什么这么蠢，非要爱上一个混蛋？"

白薇薇一听就笑了起来，到底是个美女，又哭又笑的样子也是动人的。

"林导，"她不知是怎么想的，竟然重复了一遍开机仪式上的那个问题，"你觉得爱情是什么？"

林嘉睿没有回答，只是转头看向窗外。

天气渐渐转凉。

进入冬季以后，电影的拍摄也陷入了瓶颈阶段。

顾言不是科班出身，虽然形象和气质很符合林嘉睿的要求，但演技方面毕竟还有欠缺，拍来拍去都无法让林大导演满意。

不过林嘉睿从来不发脾气，始终是一副冷冰冰的模样，只是一遍遍跟顾言说戏，一遍遍叫他改进，完全不管要浪费多少人力物力。

换成一般人被他这么折腾，恐怕早就叫苦不迭了，也亏得顾言十分敬业，每次林嘉睿说完"重拍"两个字，他都一声不吭地从头演过，连半句抱怨的话也没说过。

因为足够敬业，顾言在剧组人缘不错，尤其是那些女性工作人员，一见到他就眉开眼笑的。甚至还有粉丝追星追到剧组里，天天中午煲了汤给他送过来。

林嘉睿有幸撞见过一次。

当时顾言正吃着热气腾腾的饺子，他走过去看了几眼，随口说了一句："看不出来，某人还挺有毅力的，真的天天送吃的过来。"

顾言笑笑，道："可惜做的菜还差点火候。"

"那你怎么吃得津津有味的？"

顾言拿筷子夹了只饺子，扬一扬，很大方地问："要不要尝尝？"

林嘉睿跟他私交甚好，这时也不客气，张嘴就一口咬下了。

不过刚吃进嘴里，他脸上的表情就是一变，好不容易咽下去后，更是急着找水喝。

他边咳嗽边说："这是什么饺子，怎么一股酒味？"

"大概是拌肉馅的时候料酒放太多了，从皮到馅都透着这股味道。"顾言照旧一只一只地往嘴里送，道，"这个大概算酒心饺子？嗯，还挺有创意的。"

林嘉睿见他把一盒怪味饺子就这么吃完了，脸上难得露出佩服的表情，说："我算明白什么是真爱粉了。"

顾言没接这话，细嚼慢咽地吃下最后一只饺子，转身去发短信了。

林嘉睿觉得这件事还算有趣，回家后就当笑话说给林易听了，不料林易听完后，立刻挽起袖子往厨房里跑。

林嘉睿连忙追了上去："你干什么？"

林易嘴里还叼着烟，含糊道："我也弄个酒心饺子、酒心青菜什么的给你吃，吃完了才算真爱粉。"

林嘉睿马上提醒道："你又不会做菜，何况家里什么食材也没有。"

厨房是两人搬进来之前就已经装修好的，锅碗瓢盆一应俱全，但林易找了一圈，果然没发现任何能下锅的东西，只好说："明天就去买。"

林嘉睿搞不清楚他是认真的还是故意闹着自己玩，想了想还是不能任他胡来，便伸手一指旁边的柜子，道："正好还剩两包方便面，你就煮这个吧，我保证吃完。"

林嘉睿有时懒得出门吃饭，也会煮点泡面对付一下，心想这个应该难不倒林易。

但事实证明，他显然还是高估了某人的厨艺。

看着最后被端上餐桌的玩意儿，他冷着脸斟酌了半天，才张嘴点评道："能把泡面煮得糊成这样，也算是某种特殊能力了。"

林易也觉得有些过意不去，没再要求林嘉睿全部吃掉，很识相地拿个碗分走了一半。

两个人相对着吃完了味道糟糕的泡面，最后同时表示，以后再也不自己开伙了。

林嘉睿心里直想，明明是同一件事，怎么顾言他们做来就是情趣，到了他这里就成了浪费食物？

可能是前一天晚上吃了泡面消化不良，第二天林导演情绪不佳，偏偏要拍的又是一场重头戏，顾言戴眼镜穿白袍的样子虽然够帅气，但始终是花瓶的味道更浓，情绪的酝酿怎么也到不了位。一场戏重拍了好几遍，林嘉睿挑剔来挑剔去的，就是找不到他想要的感觉。

他也没再勉强，干脆让大家收工回家，自己拉着顾言去外面闲逛。

他没要顾言开车，只把人拖上了公交车，从起点站一直坐到终点站，绕着整个城市兜了个大圈子。

冬日的暖阳透过窗子照在身上，晃得人昏昏欲睡，林嘉睿一句关于电影的话也没提，仅是随口说道："别总想着怎么去演好一个角色，多看一看你眼中的这个世界。"

说完后也不管顾言听没听见，自己慢慢眯起眼睛，安静地看夕阳从车窗外落下去。

接下来几天拍戏时，突然就顺畅了很多。

林嘉睿心情大好，虽然没有表现在冷漠的脸孔上，但工作起来明显干劲更足，还连着开了几天夜工。

这天晚上收工时也快 10 点了，林嘉睿请大家吃了消夜才回家，出了电梯发现自家的房门虚掩着。

他以为林易已经回来了，推开门一看，客厅里一片漆黑，却有低低的歌声在耳边回响。

低沉沙哑的女性嗓音，正从角落的音响里传出来。女歌手深情款款地唱着一首几十年前流行的老歌，如诉如泣地描述着一腔痴情。

林嘉睿吓了一跳，一时间还以为自己进了鬼屋。

借着窗外微弱的月光，他才辨认出坐在沙发上的人影——林易的头发稍微有些凌乱，刘海垂下来半遮住眼睛，嘴角往上弯着，像是一个微笑的模样，在这样的夜色中，别有一种危险的意味。

林嘉睿定了定神，问："这么晚了，你怎么不开灯？"

林易朝他招了招手，声音比任何时候都要温柔："过来，陪我跳一支舞。"

林嘉睿一愣，觉得他跟平常大不一样，嘴上却说："我只会跳男步。"

"没关系，"林易专注地望着他，眼睛里有一种难言的情绪，含笑道，"就算踩到我的脚也无所谓。"

这样诚挚的邀约，于情于理，林嘉睿都无法拒绝。

他一步步朝林易走过去，眼角瞟到挂在墙上的日历时，蓦地醒悟过来。

这一天是 12 月 4 日。

是……林易母亲的忌日。

客厅里回响的正是她最钟爱的一首老歌。

在林嘉睿的印象中，林易的母亲优雅而美丽，是那种老式的传统女性。她说话柔声细气，即使在家中也都化着妆，最常穿一身墨绿色的旗袍，旗袍上绣着大朵精致艳丽的牡丹，领口的盘扣上钉了一颗小小的珍珠。

她是很爱跳舞的。

林嘉睿年纪还小的时候，偶尔路过书房，从门缝里看见她穿着一身旗袍，趿着一双绣花拖鞋，跟爷爷跳舞。

那时书房里也是放着这首歌。

缓慢，哀愁，诉尽衷肠。

林嘉睿踩着这缠绵悱恻的节拍走到林易面前，刚一靠近，就闻到浓浓的酒气。

"你喝酒了？"

"一点点。你回来得太晚了，我等得有些无聊。"

林易笑得格外好看，缓缓从沙发上站起来。

林嘉睿怕真的踩到林易，便干脆脱了鞋子，赤着脚踩在地板上。

他记不起任何一种舞步，只能随着林易的节奏轻轻晃动身体，耳边的歌声快要唱到高潮处，低哑的嗓音像一根绷得紧紧的弦，仿佛下一瞬就要断裂开来。

丝丝的凉意从脚底透上来，他突然想起，林易的母亲从林氏大楼楼顶跳下来的那一天，也是穿着那条墨绿旗袍。

她事前精心化过妆，脸孔雪白细嫩，嘴唇鲜红明艳，墨绿色的布料上沾染了大片血渍，仿佛绽放出了一朵朵艳丽而妖娆的花。

那样触目惊心的场景，足以让林嘉睿毕生难忘，何况那时候比他大不了几岁的林易？

可林易却很好地隐藏了这种情绪。

他当时已经对自己的身世起疑，却装作什么也不知道，继续若无其事地待在林家。

他将所有仇恨藏在心底，耐心等待最合适的机会，骤然给人致命一击。

林嘉睿始终记得，林易是如何温柔体贴地宠溺自己，和颜悦色，谈笑风生——他所见过的最好的演员，也没有这样的演技。

他闭了闭眼睛，没有再回想下去，只是问林易："一支舞应该已经跳完了吧？"

"我改主意了，"林易扣着他的腰，说，"打算让你一直跳到天亮。"

林嘉睿只能苦笑："但愿我的脚不要抽筋才好。"

林易静了静，声音有些疲倦，道："就多陪我一会儿吧，只要过了今晚就好。"

林嘉睿"嗯"了一声，索性赤着脚踩到林易的脚上去。

这时歌声早已停了，屋子里陷入长久的寂静，只剩下两人的呼吸声。

也不知过了多久，林易忽然道："小睿。"

"什么？"

"这十年你是怎么过的？"

"上学，毕业，拍电影……然后你就回来了。"

十年这么长的时光，从林嘉睿嘴里说出来，却只是轻飘飘的一句话。

仿佛这十年的空白并不存在，林易仅是去外面旅游了一圈，然后又理所当然地与他重逢。

林易道："你不问问我吗？"

"不用问也知道，肯定比我的经历精彩许多。"

"如果说，我一直想着以前的事，你信不信？"

林嘉睿但笑不语。

他想林易一定是醉了，这个人在清醒的时候，绝不会说这样的话。

"有一次我生病了，在病床上昏迷了好几天，差一点就醒不过来。当时我就想，至少要回来见你一面。"林易伸手碰了碰林嘉睿的头顶，似要确认他是真实存在的，"那件事发生后，我就后悔了，即使是为了报仇，也不该那样利用你。小睿，我……"

没等他说完，林嘉睿就轻轻摇了摇头，堵住了他后面的话。

结果这天晚上谁也没有熬到天亮。

刚过午夜 12 点，林嘉睿就困得睡着了。

他不知道林易是什么时候睡的，反正第二天醒来时，两个人各自躺在了床上。

林易只反常了那么一个晚上，之后一切又恢复如常。

年关将近，所有人都忙得要命，林嘉睿也没工夫多愁善感，一门心思地扑在了电影上。

因为之前耽搁了一些时间，这几天剧组的工作排得很紧，就连 12 月 31 日都有一场戏要拍，而且还是跑去海边拍夕阳，等收工肯定是晚上了。

这种日子活动特别多，就算没活动的，也想跟家人朋友聚一下，谁愿意跑去海边吹冷风？剧组成员不是没有怨言的，只是在林大导演的高压政策下，谁也不敢多说什么。

到了 31 日那天，天气出奇地好。

中午时林嘉睿就带着一帮人奔赴海边，找好了位置架好了设备，一心一意地等着太阳落下来。

这季节是一年中最冷的，凛冽的寒风刮在身上，确实让人受不住。林嘉睿跟大家躲在车里，到了下午的时候，小助理跑过来敲了敲车窗，道："林导，外卖送过来了！"

"什么外卖？"

"下午茶。"

林嘉睿正在构思剧情，这时最烦有人打扰，声音冷得像冰块："谁叫的外卖？"

"呃，不是你叫的吗？人家说是来找你的。"

林嘉睿怔了怔，不记得自己干过这事，下了车一看，一眼就发现一辆熟悉的车。

是林易的车子。

那人是自己开车过来的，脸上戴一副大墨镜，身上穿一件呢子大衣，将身形衬得修长而美好，正倚在车边朝林嘉睿招手。

林嘉睿快步走过去："你怎么来了？"

林易把后备厢打开，里面一溜的塑料袋，上边印着市内某餐厅的名字。

他抬手摘下墨镜，眨眨眼睛道："送外卖。"

林嘉睿张了张嘴，半天才道："没见过开豪车送外卖的。"

而且就算真有，林易这样子也不像外卖小弟，瞧他举手投足的架势，简直比剧组里的几个明星还要大牌。

林大牌把塑料袋往林嘉睿手里一塞，说："愣在这儿干什么，还不快过去？"

林嘉睿怔怔地接过了，问："你不去吗？"

林易重新把墨镜戴起来，抱着胳膊说："怕被偷拍。"

林嘉睿简直无语了，就算林易的确生得好看、英气逼人，也不要这么明晃晃地说出来好不好？

但人家好心送东西过来，总不能再扔回去，他只好提着塑料袋往回走。

剧组众人见了食物，顿时一声欢呼，扑上来就是一阵哄抢。

在瑟瑟寒风中守了大半天，这一顿下午茶足可媲美雪中送炭了。

林嘉睿发现在人情世故方面，自己跟林易比起来确实还差得远。

他想得到一场戏该怎么演，却绝想不到这时候该叫个外卖。

当然，一般也没哪家店会把外卖送来这种地方。

他最后抢到一杯热咖啡，捧在手里焐了焐冻凉的手指，重又走回林易车边，道："怎么还不回去？"

林易伸出手来，帮他把衣领拢紧了一些："反正我今天空得很，等你收工了一起走。"

林嘉睿看了看手表，离日落还有半个多钟头，便道："外面风大，进车里等吧。"

林易果然开了车门，却是先把林嘉睿推了进去，笑说："外卖是送到了，钱还没收呢。"

说完自己也钻进车里，把门一关，成了一个密闭的空间。

"怎么？还怕我逃债啊？"林嘉睿无奈地道，"说吧，现金还是刷卡？"

林易只是看着他笑，随手把打火机丢了过来。

林嘉睿一下就懂了，"嚓"一声打着打火机，替林易点上了烟。

林易深吸一口烟，再缓缓吐出烟气来，道："有人过来找你了。"

林嘉睿朝车窗外一看，果然见小助理正朝这边走过来。

他三两下把咖啡喝完了，打开车门走出去，远远就听见小助理喊道："林导，时间差不多了，是不是该准备准备了？"

小助理边说边好奇地朝车内张望。

林嘉睿当然没有满足他的好奇心，"砰"的一声关上车门，大步走向正在吃东西的众人。

回到剧组，林嘉睿拍了拍手掌，高声道："快到时间了，大家都打起精神来，争取一次成功。"

他这句话也正是大伙儿的心声。

这么冷的天，谁还愿意再来海边吹风受罪？因此人人都干劲十足，补妆的补妆，对台词的对台词，迅速投入到了工作中。

　　眼看着太阳一点点落下去，水天相接之处，云霞绚烂、霞光漫天，林嘉睿全神贯注地盯着监视器，抓准最恰当的时机喊了开拍。

　　这场戏本身难度不大，顾言好像是晚上有约，急于收工，因此发挥特别出色，连林嘉睿这么挑剔的人，也没找出什么毛病来。

　　等太阳完全没入海中之后，剧组也顺利收工，算是完成了今年的最后一项工作。

　　林嘉睿没跟剧组的车回去，跟大家一一道别后，理所当然地坐进了林易的车里。

　　林易刚抽完一支烟，望着窗外道："这地方位置不错，坐在车里也能看见日落。"

　　林嘉睿调整了一下座位，随口说："日出更加好看。"

　　林易若有所思地望他一眼，手指在方向盘上敲了敲，忽道："不如我们今晚留下来，等着明早看日出吧。"

　　"什么？"

　　"一起看新年的第一个日出，不觉得特别有意义吗？"

　　林嘉睿皱眉道："这是打算玩到伤风进医院？"

　　"怎么？"林易低低地笑，"你不敢？"

　　林嘉睿扬了扬下巴，只说了一个字："敢。"

　　两人都是随兴而为的性格，这么几句话就做了决定，虽然什么准备都没有，却还是在海边留了下来。

　　幸好林易下午送的外卖分量十足，这时还剩了几块蛋糕，他们便当晚饭分来吃了。

　　等待的时间最是沉闷漫长。

　　林嘉睿靠在椅背上，有一句没一句地跟林易闲聊，快到午夜 12 点时，远处传来"砰"的一声巨响。

　　不知是哪里放起了烟花，五彩的光芒在夜色中炸裂开来，瞬间照亮了大半个天空。

　　林易将林嘉睿一扯，两人离得近了些。

　　林嘉睿也没挣扎，就这么与他并排坐着，静静欣赏夜空中的瑰丽景象。

　　等到烟花放完时，林嘉睿已经不知不觉地睡了过去，直睡到凌晨 5 点多，才被林易给摇醒了。

　　此时天色仍是一片漆黑，他不知道林易有没有睡过，只看车上多出了不少烟头，想必是一直靠抽烟提神了。

　　林易眼中满是熬夜后的血丝，精神却还不错，用手指梳了梳林嘉睿的头发，道："天快亮了。"

　　"嗯，总算等到了。"

　　"累吗？"

　　林嘉睿点点头又摇摇头，伸手指着海面上透出的一丝微光："这样的美景，值得付出这样的等待。"

　　天色越来越亮。

　　漫天朝霞逐渐晕染开来，连海水也泛起了粼粼的金光，太阳一点点从海面上升起来，刚开始只是微红的一抹光亮，下一瞬却突然一跃而出，霎时冲破云层，光芒万丈，灿若锦绣。

初生的红日照亮天际，在碧蓝的海水上拖出长长的光影，晃得人目眩神迷。

林嘉睿不由得屏住了呼吸。

同一时刻，林易的声音在耳边响起，轻轻叫他的名字："小睿……"

第三章　赌注

从那个可怕的、无法逃离的梦境中醒来时，
他往往分辨不出哪边是真实的，哪边是虚幻的。

小睿……

林嘉睿记不清那是什么时候的事了，反正是一个闷热的午后，他悄悄溜进爷爷的书房，将一个文件夹交到了林易的手上。

林易像往常一样揉乱他的头发，说："小睿，谢谢你。"

"小事一桩。"林嘉睿摆了摆手，道，"不过，你要爷爷书房里的文件，干吗非让我去拿？"

林易眨一下眼睛，说："秘密。"

随后他又道："过一阵子你就知道了。"

下一瞬，场景骤变，林嘉睿发现自己衣冠楚楚地站在林家大宅的客厅里。

这客厅原本并不算大，但现在把家具挪开了，又摆了几张大圆桌子，大理石地面映着房顶上的水晶吊灯，倒像是一个宴客的地方。隔壁房间还支了两桌麻将，这时正热闹着，来来往往的都是眼熟的面孔。

林嘉睿四下看了看，一时间想不起自己为什么会在这里，林家又为什么会突然多了这么人。

直到几个熟人一一跟他打过招呼后，他才渐渐回想起来：是了，今天是林家老爷子的七十大寿，关系近一些的亲朋好友都来贺寿了。

他心里总觉得有点别扭，似乎什么地方不太对劲，但视线一转，已先看见了倚墙而立的林易。

林易朝他招一招手，他便什么也不去想了，一心一意地朝那个人走过去。

"怎么样？"林易问，"已经选好学校了？"

"嗯，S大的医学院。"

"那以后就要叫你林医生了。"

"怕了吧？"林嘉睿得意道，"除非你以后不生病，否则……哼哼，还是赶紧来讨好我吧。"

林易没有出声，只是冲他笑笑。

两人闲聊了一阵，直到开席的时间快到了，林易才去帮忙招待客人。

林易是林家老爷子的幺子，开席后便站起来敬了一圈酒，跟熟的不熟的人客套了一番，末了忽道："我今天特意准备了一份礼物，正好让大家一起看看。"

众人纷纷叫好，连声夸他孝顺。

林嘉睿却是吃了一惊。

他跟林易的关系如此亲近，怎么从来没听林易提起过礼物？

有必要连自己也瞒着吗？

他眼皮直跳，心里的不安逐渐扩大。

这时林易已经拿出了他的礼物，只是一张普普通通的光盘。

客厅里的电视机并未移走，林易便走过去开了电视，把光盘放进配套的影碟机里。

按下开关时，林嘉睿看见他回头笑了笑。

他本身相貌英俊，笑起来的时候尤其好看，但此时此刻，他嘴角虽然往上弯着，狭长的眼眸里却是一片冰寒。

林嘉睿如坠冰窟，终于想起接下来会发生什么了。

不要！

快住手！

他拼命地大喊起来，但喉咙像是被一只无形的手扼住了，什么声音也发不出来。

所有人都在笑着，只有他心底涌起绝望，眼看着熟悉的画面出现在了电视屏幕上。

是林氏集团的机密文件，足以让爷爷身败名裂的证据！

也是……他亲手交到林易手里的那一份。

林嘉睿浑身僵硬，只感觉扼住他喉咙的那只手慢慢下移，将他开膛破肚，毫不留情地挖出了他的心。

画面经过技术处理，并没有拍到林易的脸，但林嘉睿一下就认出了他的声音。

那声音低低的在耳边回响，温柔地叫他的名字："小睿……"

"啊——"

林嘉睿大喊出声，猛地从梦中惊醒。

他大口喘了喘气，身上一阵冷一阵热，连睡衣都被汗水洇湿了。

似乎是怕自己仍在梦中，他急忙将手指塞进嘴里，张口狠狠咬下。

剧烈的痛楚直钻心底。

林嘉睿反而松了口气，抬手擦了擦额上的冷汗，努力让自己镇静下来。

林易早被他的喊叫声吵醒，迷迷糊糊地从隔壁房间过来，问："怎么了？做噩梦了？"

林嘉睿直直地盯住他看，像还未从那个梦境中回过神来。

过了一会儿，他才说："嗯，梦见我被一只怪兽追着跑。"

"哼，孩子气。"林易小声嘀咕一句，伸手轻拍他的肩背，"天还没亮，再睡一会儿吧。"

林嘉睿的身体僵了僵，但是并未出声，反而顺从地躺了回去。

他当然是睡不着了，只能在黑暗中睁大眼睛，静静听着林易的脚步声。

等确定林易回到自己房间之后，他才悄无声息地起身下床，去厨房倒了杯水喝。

不料他的右手抖得厉害，差点连杯子也拿不住，洒了不少水出来。

他连忙用另一只手按住了。

没关系。

他仰头喝下杯中冰凉的水，自己对自己说，不过是那个人再次出现了而已。

不过是旧梦重来，有可能在最无防备的时候，被人一刀捅进胸口而已。

没什么好害怕的。

他早已习惯了。

后半夜，林嘉睿再没睡过。

到了天快亮的时候，他却重新躺回床上，假装睡得十分香甜。

林易当然没有发现异状，到点按时起床，穿衣洗漱过后，又来林嘉睿的房间替他掖了掖被角，然后才穿上大衣出了门。

日历虽然翻到了新的一年，但今年春节是在2月份，离真正过年还有一个多月。

年关将近，各种大大小小的活动多如牛毛，又有许多乱七八糟的颁奖典礼凑热闹，无论哪个演员都有不少通告要赶。林嘉睿再不近人情，也不好把拍摄计划安排得太紧，所以元旦过后，他的时间算是空下来了。

他这天原本可以补上一觉的，偏偏一点睡意也没有，林易前脚刚走，他后脚就跟着爬了起来。

即使是冬天，林嘉睿也仍是一身T恤配牛仔裤的标准打扮，只在外面套了件羽绒服便出门了。

他上午去了趟书店，买了几本感兴趣的新书。临近中午的时候，林易打了一个电话过来。

"起床了没有？"

"嗯，"林嘉睿顿了顿，道，"刚起来。"

"我早上看你睡得正熟，就没有吵醒你。你今天应该没有工作吧？"

"这几天都空着。"

"那正好，晚上陪我吃个饭。"林易想了一想，又道，"你中午还是出去吃吧，别随便啃面包对付。今天外面有点冷，记得多穿件衣服。"

"……好。"

林嘉睿机械地应着，又跟林易闲扯几句，约好了晚上碰面的时间。

匆匆吃过午饭后，林嘉睿便找了个地方坐下来看书，但因为心不在焉的关系，半天也不过翻了两三页。

冬日的天黑得特别快，没多久就已完全暗了下来。

林易开了车过来接他，一见面先把林嘉睿上下打量一遍，再拉过他的手来碰了碰，道："手怎么这么凉？衣服果然穿得太少了。"

林嘉睿面无表情地道："我的手一年四季都是这样。"

林易并不理他，直接下了结论："明天加件衣服，我亲自监督你。"

自从那天在海边看过日出后，林易对他，就像……就像十年前一样。

林嘉睿闭了闭眼睛，扭头看向窗外，没有再想下去。

下班时间路况不好，堵车极为严重，车子在路上慢吞吞地开了许久，最后在一家酒店门口停了下来。

林嘉睿跟着林易进了二楼包厢，才发现今晚一起吃饭的不止他们两人。

包厢里坐着的几个人都面熟得很，林嘉睿一一辨认过来，发现他们都是林氏的大股东。

他平常虽然不关心公司的事，但也不是完全不闻不问，一见这阵仗，就知道肯定是有原因的。

转头看向林易时，林易却只是神色如常地笑笑，拍着他的肩膀道："小睿大家都认识吧？我就不介绍了。今天难得能请几位一起吃饭，一定要不醉不归。"

在座的几人都是老狐狸了，有人开门见山地道："你小子找我们出来吃饭，不就是为了并购案的事吗？"

"不是不是，"林易叫服务生开了瓶酒，自己动手给众人一一斟上了，笑说，"我们今天只喝酒吃菜，谁也不谈公事。"

说完，他仰头把杯中的酒一饮而尽。

众人面面相觑，似乎猜不透他是什么意思。

林嘉睿这个局外人当然更是一头雾水，不过既来之则安之，他便安安静静地吃起菜来，偶尔跟他称为叔叔伯伯的那些人寒暄几句。

林易说到做到，这一顿饭吃下来，果然只聊些无关紧要的话题，一句也没有提到公司的事。

酒酣之际，反而是一个姓吴的股东说了个笑话，提到林易某次去谈生意，竟然带了十几个穿西装戴墨镜的保镖，把对方经理吓个半死。

"阿易，你小子真不愧是姓林的，简直跟你老子一样狠，不对不对，应该说是青出于蓝而胜于蓝。我今天来赴你这个'鸿门宴'，还真有些提心吊胆的，以为你又要玩这一手了。"

听他提到过世的林家老爷子，林易不由得俊脸微沉，但很快又重露笑容，漫不经心地说了一句："我向来喜欢先礼后兵。"

意思是说，今天这顿饭算是给他们面子，下一次可就要使出一些手段了。

几位股东都心照不宣，但面上还是嘻嘻哈哈的，起哄说喝酒喝酒。

林嘉睿坐了这么久，多少也看出些门道了，不过他没有插嘴说话，只一个人闷头吃东西。

这顿饭一直吃到晚上 10 点多才散，人人醉得东倒西歪的，连林嘉睿都有些头晕。

林易喝了不少酒，没办法自己开车了，叫了车把众人一一送走后，带着林嘉睿慢慢在街上走。

林嘉睿知道他是有话要说，主动开口问道："那个并购案是怎么回事？"

"没什么，国外的一家大公司对林氏很有兴趣，最近正积极跟我们接洽。"

林嘉睿吃了一惊："他们想吃下林氏？"

"只是有这个意向而已，还有很多问题要解决，未必能够成功。"

林易说得轻描淡写，但林嘉睿知道，他一定会不遗余力地促成这件事。甚至有可能，整件事的幕后策划者就是他。

林氏是爷爷的心血，这么痛恨林家的林易，怎么会让它继续存在下去？

更何况，林易的母亲就是从林氏大楼的楼顶跳下来的。

林嘉睿嘴里微微发苦，道："股东们不会同意的。"

"那几只老狐狸，没有些甜头是打动不了他们的。不过……"林易停下脚步，看着林嘉睿道，"至少小睿你会站在我这一边，是不是？”

因为喝了酒的关系，他的眼神不像平常那般凌厉，反而透着一种罕见的温情，就这么含笑望过来，看得人心都化了。

林嘉睿微微沉醉，忍不住想，啊，原来如此。

原来真正的陷阱，在这里等着他。

知道林易的目的后，林嘉睿悬着的一颗心反而落了下来。

他微笑起来，说：“叔叔，要不要跟我打一个赌？”

“赌什么？”

“我赌……一切都会如你所愿。”

林易一听就明白了他话中的意思，忍不住低声叫他的名字：“小睿……”

那声音里透露了太多情绪，听起来竟然有些激动。

林嘉睿相信他此刻是真情流露。

毁掉林氏是他的夙愿，为了走到这一步，他不知付出了多少代价，光是在林家虚与委蛇的那几年，就不是普通人熬得过的。

林嘉睿道：“还没定好赌注是什么呢。”

过了一会儿，他又一脸认真地继续说：“反正最后赢的人肯定是我，到时候你就答应我一件事吧。”

“什么事？”

“等我想到了再说。”

“好。”林易退开一些。

林嘉睿只是笑笑，没再开口多说，跟着林易的脚步慢悠悠地往家里走。

到家时已快凌晨了，因为喝了点酒的关系，林嘉睿这一觉睡得特别沉，什么梦也没有做。

接下来几天，林嘉睿仍旧空得很。

某一日，他正在家中看书，突然接到林嘉文打来的一个电话，约他在外头见面。

自从那天离开林家之后，林嘉睿就再没有跟林嘉文联系过，这时当然不会拒绝，穿上外套就出门了。

赶到约好的咖啡厅时，林嘉文正坐在靠窗的位置上，专心致志地吃一份冰激凌。

能把食物吃得这样香甜的人，总是令人格外羡慕。

林嘉睿静静地在门口站了一会儿，等到他把冰激凌吃完，又叫来服务生点了一份蛋糕后，才走过去打了个招呼："三哥。"

"唔，你来了……"林嘉文嘴角还沾着奶油，连忙抹了抹嘴，道，"快坐吧，要吃点什么？"

"一杯咖啡。"

林嘉文照着点了单，想了想，又追加了一个水果拼盘。

毕竟是自家兄弟，他也没说什么客套话，直接开口就问："听说林易前几天请公司的几个股东吃饭，你也跟着去了？"

林嘉睿早料到是为了这件事，点头道："三哥的消息真是灵通。"

"这件事在公司高层内部早就传遍了。别忘了你手里也握着林氏的股份，你跟他一起出席那种场合，就等于是站了队、表了态了，现在人人都说连林家人也是支持并购案的，打算把林氏拆了卖了！"

林嘉睿点的咖啡这时已经送上来了，他便端起杯子喝了一口，淡然道："那就让他卖了吧。"

"林嘉睿，你到底是不是姓林的？还是打算跟着那家伙姓、姓……"他开了口，才想起林易也一样姓林。

林嘉睿望他一眼，道："这本来就是林家欠他的。当年要不是爷爷用不正当的手段搞垮了他家的公司，他父亲也不会背上巨额债务，最后还因此去世了。"

林嘉文噎了一下，道："你不懂商场上的事，有时候用些手段是必须的。"

"那么欺骗一个刚失去丈夫的女人，在她走投无路的情况下逼她改嫁，也是对的吗？"

"至少爷爷照顾了他们孤儿寡母二十多年，而且一直把林易当成自己的亲生儿子，从来没有亏待过他。"

"可是他母亲知道这件事后，却跳楼了。"

"林嘉睿，你究竟是站在哪边的？是，林家是欠了林易两条人命。所以呢？你要拿自己的命去弥补吗？"

"如果有需要的话，我并不介意。"

林嘉文说的只是气话，听他这么回答，不由得怔住了。

恰好水果拼盘也送了上来，林嘉睿动作自然地往林嘉文面前一推，却被他抓住了右手："小睿，我们兄弟两个从小感情最好，简直算得上是无话不说。但自从发生了那件事后，我越来越不懂你在想些什么了。你现在还跟林易来往，究竟是为了什么？"

林嘉睿一口一口地把咖啡喝尽了，道："如果一定要付出代价才能让他满意的话，我难道不是最适合的人吗？"

　　林嘉文顿时明白过来："你是怕他对付林家的其他人？"

　　"希望只是我多虑了。毕竟整个林家，只有我最受爷爷宠爱，其他人好像更没有利用价值。"

　　林嘉睿说出这番话时，语气平静到了极点，仿佛早已经设想过无数遍了。

　　为什么偏偏是他？

　　为什么林易非要选中他当复仇的工具？

　　他问了自己一遍又一遍，后来终于明白，是因为他在林家最得宠。

　　利用他闹出那样的丑闻，才能使林家受到最大的打击。

　　事实也证明林易成功了，寿宴那天晚上，爷爷气得心脏病发进了医院，没过多久就撒手人寰了。

　　话说到这个地步，林嘉文也知道劝不动他，便只是拍了拍他的手，道："林易要卖林氏就让他卖吧，只当是把欠他的还给他，但你要答应我，不能再出事了。"

　　林嘉睿难得像个乖巧的弟弟那样应了声"好"，然后说："为了并购案的事，我可能会把名下的股份转给林易。"

　　"转吧，转吧。"林嘉文自暴自弃地挥挥手，蓦地又想起一件事，"等一下，我记得爷爷的遗嘱里有一个附加条件，只有满足这个条件，你才能动那些股份。"

　　"嗯，三哥的记性不错。"

　　"林易知道这件事吗？他会怎么选？"

"原来三哥比我还要天真。"林嘉睿似乎想要笑一笑，但他扯动嘴角，却形不成一个微笑的样子。

"你太不了解林易了，他怎么会为了我放弃复仇？"

"……然后那个女巫说，她左手边是爱情，右手边是仇恨，问我要选哪一边。"

"我猜你选了左边。"

"为什么？"

"你们这些文艺工作者，不都是爱情至上吗？"

"哈哈哈！"

林嘉睿笑得从沙发上坐了起来，道："你猜得没错，我确实选了左边。"

"然后呢？在那座高塔里，你找到公主王冠上的珍珠了吗？"

林嘉睿眯了眯眼睛，微微露出一点迷惘的表情，仿佛还沉浸在某个奇诡的梦境中。

过了一会儿，他才摇头叹息："我推开左边那扇门，发现外面竟是万丈悬崖，一脚踏出去，立刻摔得粉身碎骨。"

徐远"啊"了一声，为这惨烈的结局惋惜不已，道："看来你在梦中总是无法如愿。"

"是啊，所以每个月都要来找你这心理医生聊天。"

徐远推了推眼镜，说："林先生，我发现你的这些梦都有一个相同的特点——你上天入地地寻找某样重要的物品，为此经历种种考验，不惜牺牲自己的身体、灵魂，甚至生命，但无论如何努力，最后总是一场空。"

林嘉睿立刻鼓起掌来："总结得真是精辟。"

"那么，愿意聊聊真正困扰你的那个噩梦吗？"

林嘉睿脸色微变，一下绷直了背脊。

徐远连忙安抚道："不用紧张，我是根据你的种种表现推测出来的。一个每次到了心理诊所就大谈梦境的人，我猜想他的心结肯定也跟梦有关，你说是不是？"

林嘉睿冷着脸望他一阵，道："完全正确。我看今天的诊疗时间应该快结束了吧？"

"林先生，你真是我见过的最不合作的病人。"徐远见他起身要走，只好退了一步，"好吧，你不愿意聊也没关系，不过我能不能提几个问题？嗯，你不想回答的话，可以直接跳过。"

他态度温和，说起话来又如同和风细雨，让人很难拒绝。

林嘉睿坐着没动，算是同意他的提议了。

徐远便拿了支笔在手里，一边提问一边做记录："你是从什么时候开始做噩梦的？"

"差不多十年前。"

"梦境是延续性的，还是杂乱无章的？"

"每次都一模一样。"

"大概多久会梦见一次？"

"以前是两到三个月。"

"现在呢？"

"……每天。"

徐远抬头看了看他，接着又问了几个问题。

有些林嘉睿老实回答了，有些则闭口不言。

最后，徐远总结道："目前看来你失眠的症状比较严重，我建议你服用一些镇静类的药物。"

"只是做个噩梦而已，有这个必要吗？"

"根据你的病历，你曾经……"

"算了，"林嘉睿挥手打断他的话，"给我开药吧。"

"药物只能起到辅助治疗的作用，最重要的还是你自己解开心结。我知道林先生你工作很忙，觉得状态不好的时候，就适当减减压吧。"

徐远这个医生当得足够负责了，又说了一大堆废话之后，才放林嘉睿离开。

林嘉睿去取了药，回家的路上又买了瓶维生素片，把两个瓶子的药给换了，到家后就扔进了床边的抽屉里。

林易这段时间比之前忙碌得多，天天晚上都有应酬，不过10点是绝不会回家的。

林嘉睿也从来不等他，到了点就自顾自睡觉，只是从看日出的那天开始，他几乎每天半夜都会从梦中惊醒。

从那个可怕的、无法逃离的梦境中醒来时，他往往分辨不出哪边是真实的，哪边是虚幻的。

这天晚上也不例外。

林嘉睿大汗淋漓地睁开眼睛时，窗外的月光正静静地照在他身上，朦胧得像是另一场梦。

他手心冰凉，犹记得梦中那种被人扼住心脏的痛楚。

怔怔地盯着天花板看了一会儿，他才逐渐清醒过来，伸手拉开了床边的抽屉。

他将一只手伸进去，又停一停，重新把抽屉合上了，扯过被子继续睡觉。

寂静的夜里，闹钟滴滴答答的声响格外清晰，一下下像戳在人的心上。

林嘉睿慢慢从床上坐起来，知道这一夜自己是再睡不着了。

他翻身下床，赤着脚在房里来回走了几步，终于从抽屉里找出那瓶伪装过的药，倒了两片在手上，又去厨房倒了杯水，用水送着吞下了药片。

林易之前把外套扔在客厅的沙发上，林嘉睿路过时看见了，不由得脚步一顿，走过去摸索一阵，从衣袋里找出上次那只黑色皮夹。

他翻开皮夹一看，那张旧照片赫然在目。

十年前粲然微笑的林嘉睿正与他对视。

他被那笑容刺了一下眼睛，深吸一口气，把照片取出来拿在手里，在淡淡的月光下，翻来覆去地看了许多遍。

看得正入神时，忽听林易的声音在耳边响起："怎么半夜在这里看照片？"

林嘉睿早听见他起床的动静，因此也不惊讶，回道："睡不着觉，随便看看。"

"你这几天是不是睡得不好？"林易顺势在沙发上坐下来，捏了捏他的脸道，"好像瘦了不少。"

"可能是工作太忙了。"

"真的是忙工作？还是……为了林氏的事？"

林嘉睿没有作声。

林易凑近了一些，道："小睿，我知道这件事让你很为难，可是你知道的，这是我一直以来的心愿。"

"是不是只要林氏集团不复存在，你的仇就算报完了？"

"是，只要并购案能够谈成，我保证以后不会再针对林家。过去的事就算过去了，一切到此为止。"

或许是药物发挥了作用，林嘉睿终于觉得有些困倦了。

他深深看一眼手中的照片，小心地放回林易的皮夹里，再将他说的最后几个字轻声重复了一遍。

"嗯，到此为止。"

从此以后恩怨尽消，各不相干。

林嘉睿吃了徐远开的药后，睡觉果然安稳了许多。

他自己也知道这只是饮鸩止渴，但是没办法，他的电影还没拍完，身体不能在这个时候出状况。

不论其他方面多么失败，都不能因此影响到事业。

所以他这段时间虽然状态不佳，电影的拍摄进度倒是一点都没耽误。

林易显然比他更专心工作，每天早出晚归，除了晚上回来睡一觉，其他时间几乎见不着面。

但林易不愧是逢场作戏的高手，尽管忙成这样，每天也不忘给他发几条短信，要么叫他多穿衣服，要么叫他注意休息，仿佛真是一位体贴到无可挑剔的长辈。

这天才刚过傍晚，林易的短信就又发过来。

内容千篇一律，无非是说晚上天气冷，让林嘉睿早点回家。

林嘉睿下午没事，早在家里看了半天书了，也懒得回复短信，把手机往桌上一扔，低头继续看书。

不料没过多久，手机铃声就响了起来。

他还当是林易打过来的，接起来一听，才发现是自己那个小助理："林导，你要的资料已经整理出来了，我现在就送过去吧。"

林嘉睿怔了怔。

他虽然急着要这资料，但也没到要人家大晚上跑一趟的地步，刚想开口说不用，小助理已经积极地问他地址了。

他不好打击对方的积极性，也就没有客气，报了家里的地址。

挂断电话后，看看时间已快6点了，林嘉睿觉得有点饿，便煮了碗面当作晚饭吃了。

吃完后他又接着看书，过了半个多小时，门铃就响了起来。

林嘉睿走过去把门一开，站在外面的却不是他那个愣头愣脑的小助理，而是一个相貌清秀的年轻人。

对方有些局促地绞着手，小声道："林导，小张他刚好有点急事，我替他送资料过来。"

林嘉睿仔细看了两眼，才想起这人姓陈，在电影里演了一个小配角，印象中是个安安静静、没什么存在感的新人。

小新人跟助理小张混得熟倒不奇怪，但小张让这人帮忙送资料就有点别扭了。

不过人家都特意送过来了，林嘉睿也不能像打发快递员似的打发走，只好道了声谢，说："进来喝杯水吧。"

小新人十分腼腆，叫喝水就真的只是喝水，连眼睛都不朝四周乱瞟。

林嘉睿一边看资料，一边跟人寒暄了几句："小陈是吧？你是怎么过来的？"

"坐出租车。"

"很远吗？"

"还好，我家离这儿挺近的。"

林嘉睿抬头看看时间，连8点都还没到，当然不可能叫人家吃夜宵，但是要聊天吧，又实在找不出话题了。

他看小新人杯子里的水快喝完了，便起身道："我再给你倒杯水。"

小新人连忙也站了起来："林导，不用了，我自己倒吧。"

说完，小新人也不假客气，竟真的跟林嘉睿抢起杯子来。

林嘉睿没想到这人力气这么大，手里的杯子一下没拿稳，剩下的水泼出来，全洒在了两人的衬衫上。

"啊，抱歉……"

小新人本来就够紧张了，这下更是连连道歉，抢着帮林嘉睿擦衣服，顾不上自己。

"没事。"林嘉睿拍了拍小新人的肩，道，"去洗个澡吧，换件衣服。"

小新人听话地点头道："是，林导，我这就去。"

一转身却跑进了厨房。

过一会儿小新人又跑出来，不好意思地笑笑，在林嘉睿的指点下，总算找对浴室冲了进去。

林嘉睿抱着胳膊坐回沙发上，忽然觉得自己应该学林易抽一支烟。

　　可惜他手边没有打火机。

　　浴室里传来哗哗的水声。

　　下一秒，钥匙开门的声音盖过了那水声。

　　林嘉睿的手一顿，看见林易推门而入，手里拎着一个蛋糕。

　　林易的视线先是落在林嘉睿身上，皱眉道："这么冷的天，怎么在客厅换衣服？"

　　他接着又听见浴室里的声响，脸色慢慢沉下去，问："你有客人？"

　　"是帮我送资料过来的演员。"

　　林易把蛋糕放在一边，目光凉凉地扫过来，道："然后该演员不小心弄湿了衣服，所以借浴室洗一个澡？"

　　"不用试探了，"林嘉睿毫不掩饰，直接说，"事情正像你想的那样。"

　　房间里一下安静下来。

　　两个人对视着，谁也不再说话，四周陷入一种诡异的沉默，只有哗哗的水声格外清晰。

　　最后还是林嘉睿扬了扬手，率先开口道："我道歉。"

　　林易直直盯着他看，听他接着说道："毕竟是你的房子，我不该随便带人过来的。我没想到你今天这么早回家，不然就去酒店开房间了。"

"没想到?"林易冷笑一声,一步步朝林嘉睿走过去,"别告诉我,你不知道今天是我生日。"

林嘉睿不由得怔住了。

他是真的没有这个概念。

林易的生日跟他有什么关系呢?

十年来,他只知道每月 12 日要去心理医生那里报到,至于今天……

他想起前两天刚见过徐远,那么今天确实是 2 月 14 日,林易的生日,也是所谓的情人节。

林嘉睿看了看扔在一边的那个蛋糕,恍然道:"难怪今天街上的人特别多。"

话未说完,已被林易抓住了手腕。

"林嘉睿,你这算什么意思?"

"最近压力太大,找个人减减压而已。"林嘉睿泰然自若,淡然道,"就像你抽烟一样,没什么大不了的。"

林易真是气得狠了,这时反而笑起来:"减压?你平常就是这么减压的?"

他手上力气极大,林嘉睿顿觉手腕剧痛,却没有叫出声来,只是仰起头看向林易,道:"你离开的这十年里,一直都是如此。"

林易窒了窒,满腔怒火像是狠狠撞在一堵冰墙上,变成了另一种冰凉滋味。

正在这时,浴室的门突然开了。

小新人擦着头发走出来,皮肤白皙、身材曼妙,在氤氲的水汽中，越发显得容貌出众。

林嘉睿只看一眼，就被林易的手掌覆住了眼睛，听他冷冷吐出一个字来："滚！"

那低沉的嗓音带着一股狠劲。

林嘉睿虽然看不见，但猜想他脸上的表情肯定很吓人，因为小新人连说话的声音都发抖了："林，林导……"

林嘉睿叹了口气，没有推开林易的手，只是说："小陈，你先回去吧，有事明天再说。"

小新人如蒙大赦地应了一声，手忙脚乱地开门离开，临走的时候好像还绊了一跤。

林嘉睿颇觉过意不去，等脚步声远去了，才对林易道："可以把手拿开了吧？"

林易没有理他，就着这个姿势凑得更近，低声问："你跟那家伙发生什么了？"

林嘉睿如实道："还没开始，你就回来了。"

"算那家伙走运。"

他边说边拿起茶几上的杂志卷成筒状，在林嘉睿的手心狠拍了几下。

"啊，别……"

林嘉睿蜷在沙发上，挣了挣，却被林易牢牢压制住。

林易仿佛是下定决心要管教晚辈，有了点严厉家长的样儿。

林嘉睿闭上眼睛。

而后他听见林易一字一字地说："以后给我改掉那个习惯。"

恍惚里，林嘉睿连说话的力气也使不出来，心里却想，这样也好，至少林易看起来像是真的把他当作家人了。

那天之后，林易就没再跟林嘉睿说话，惯常的短信也都不发了，但晚上不管多晚回家，总要往他房间里来一趟，一副查巡的架势。

林嘉睿怀疑这就是所谓的冷战。

但他始终觉得奇怪，林易怎么会入戏这么深，连关心小侄子私生活的表现也要演出来，简直比他剧组里的演员还要敬业。

他本来挺头疼怎么处理小新人那件事的，好在对方也是知道分寸的人，只当什么也没发生过，见了他就乖巧礼貌地喊"林导"，一句多余的话都没说。

小新人没有惹事，演女配的白薇薇却出了状况。

她早上来剧组时戴着墨镜，左边脸颊微微肿起，显然是被人打了，虽然有化妆师的妙手遮掩一下，但拍摄时仍旧看得出来。

林嘉睿向来精益求精，当然不能忍受这个，当即决定改拍下一场戏。

这个圈子里传得最快的就是八卦，还没到下午，就有关于白薇薇的流言传出来，说她跟某个位高权重的纨绔子弟关系暧昧，结果被对方的原配给打了。

流言说得绘声绘色的，像是有人亲眼见过似的。

白薇薇就在场边坐着，自然听到不少风言风语，脸上的墨镜一直没有摘下来。

收工后，林嘉睿走得最迟，白薇薇也故意留了一会儿，为自己影响工作的事道了歉。

林嘉睿没跟她说客套话，只是提醒道："身为一个演员，要知道怎么保护自己的身体。"

"是，我保证不会有下次了。"

林嘉睿望她一眼，道："这几天你不用来剧组了，等脸上的肿消了再说。"

顿了顿，他又说："不该爱的人，最好忘了。"

白薇薇美丽的脸上还留着淡淡的指痕，姿态却很大方，她摘下墨镜来笑了一笑，说："舍不得眼下这个人，只是因为还没有遇到更好的。要是有别的出路，谁愿意被感情困住？我跟林导你同年，男人这个年纪，事业才刚刚起步，可是女人呢？"

她抬手按了按眼角，道："要是不注意保养，连皱纹都快跑出来了，不抓住能抓住的，怎么比得过那些二十岁出头的小姑娘？"

林嘉睿正记挂着一桩心事，听她这么一说，便开口道："白小姐没考虑过结婚吗？"

白薇薇不觉失笑："女明星要退出娱乐圈，嫁人生子是最体面的一条路了，可是江湖险恶，我还没锻炼出铜皮铁骨，这时候要跟谁结婚呢？"

林嘉睿也跟着笑笑："我。"

第四章 长街

。

林易的外套被风吹得猎猎作响，

他丝毫不管旁人的目光，拉着林嘉睿一步步往前走。

。

白薇薇坐在茶室的包厢里，一边翻看林嘉睿带来的合约，一边暗暗吃惊。

她不是没见过世面的女人，早知道豪门世家出手阔绰，但实在没想到林嘉睿如此大方，付出这么大的代价，只为换取一纸婚书。

她把合约反复看了几遍，承认上面提到的条件确实诱人，但是并未立刻做出决定，只是看了看坐在旁边喝茶的林嘉睿，道："我能不能问个问题？"

林嘉睿做了个请的手势。

白薇薇便问："林导为什么选中我？"

林嘉睿也不瞒她，十分爽快地说："我时间比较紧，要找合适的人太费功夫了，正好我对白小姐你还算了解，选你的话可以省掉不少麻烦。"

简而言之就是图方便。

白薇薇怀疑，他就是选个女主角也比选老婆更花心思。

她扬了扬手中的合约，道："你若是另外找一个人的话，未必要花这么多钱。"

"无所谓，"林嘉睿换了个坐姿，双手交叠着放在桌上，道，"金钱对我来说只是个数字。"

白薇薇听得好笑，心中暗想，也只有这种不知人间疾苦的大少爷，才能说出这句话来。

而她只是个普通人。

一个在俗世摸爬滚打多年的普通人，虽然未必会受金钱诱惑，却更懂得如何取舍，更知道哪些机会应当牢牢抓住。

所以她拿起茶杯喝了一口，对林嘉睿道："我想再考虑两天。"

"嗯，这件事确实应该慎重考虑。"林嘉睿点头道，"不过时间紧迫，我希望白小姐能尽快给我答复。"

"林导真是一副谈生意的口吻。"

"抱歉，我并没有不尊重女性的意思，只是出于某些原因，迫切需要一个已婚的身份，希望白小姐能够帮我。"

白薇薇笑了笑，道："就算我同意了，也只能算是互相合作。"

"那就希望我们合作愉快。"林嘉睿边说边朝她伸出了手。

白薇薇迟疑一下，最终还是握住了这只手。

林嘉睿看得出白薇薇虽然没有答应，但其实心中已经有了主意，因此他不再多说什么，由得她慢慢考虑，转头又把心思放在了电影上。

由于林嘉睿过分挑剔的毛病，电影的拍摄进度一直很慢，都快半年了，才算进入收尾阶段。

好在顾言已经过了最初的磨合期，现在的表现越来越可圈可点，有几场戏演得尤其到位，连林嘉睿都忍不住赞了几句。

就在一切顺风顺水的时候，林嘉睿却突然上了八卦杂志——剧组的行程被人偷拍，甚至连他跟顾言的照片都被登出来了。

照片拍得还挺好，是两人坐公交车出门时，林嘉睿在冬日的暖阳下打瞌睡，正好把头靠在顾言肩上。

顾言经历过的八卦新闻不少，根本没当一回事，林嘉睿更不会放在心上，只当是为电影宣传预热了。

午间休息的时候，两人还一起翻看八卦杂志，对着那张偷拍的照片比画来比画去的，兴致勃勃地讨论谁更上镜。

本来林嘉睿以为这个小插曲很快就过去了，没想到几天后，提早回家的林易把一本杂志扔到了他面前。

自从开始冷战后，林易已经很久没跟他说话了，这举动自然让林嘉睿一头雾水："这是干吗？"

"第 18 页。"

林嘉睿翻到第 18 页一看，原来又是关于他跟顾言的报道。

不过这次换了张照片，是在休息室里，顾言的筷子上夹了一只饺子，而他张嘴一口咬下的场景。

虽然照片很模糊，但是氛围不错。

林嘉睿想不到这件事还有后续，仔细看了看那张照片，点评道："摄影技术还不错。"

林易越是生气，就越不肯表现在脸上，反而勾了勾嘴角，似笑非笑地问："你不打算解释一下？"

"如你所见，花边新闻而已。"

"突然爆出这样一则新闻，你不觉得奇怪？"

"什么意思？"

林易指了指照片上的顾言，意有所指道："当心交友不慎，有人故意拉着你炒作。"

林嘉睿觉得可笑："怎么，你也跟八卦小报一个水准？顾言是我的朋友。"

"谁知道是真朋友，还是别有用心？"林易看着他道，"林嘉睿，你最大的缺点就是——太容易相信别人。"

这句话似乎刺着了林嘉睿的软肋。

他冷言反讽道："而叔叔你最大的缺点呢，就是控制欲太强。我爱交什么朋友就交什么朋友，与你无关。"

两人针锋相对，很有些剑拔弩张的意思。

正在这时，林嘉睿的手机响了。

时间还不到晚上7点，林嘉睿怕是工作上的事，连忙接了电话。

电话那头传来白薇薇的声音："林导，那件事我考虑好了。"

"答案呢？"

"我们见面详谈吧，有几个条款我想修改一下。"

言下之意就算是答应了。

林嘉睿虽然早料到这个答案，还是觉得松了口气，像是完成了一桩心事。

不，这还只是第一步。

林嘉睿闭了闭眼睛，在电话里跟白薇薇约好了见面的地方，一转头却见林易正盯着他看。

他斟酌了一下措辞，道："我现在要出一趟门。"

"看来是个重要的约会，是约了那个姓顾的明星？"

"不是。"

林易微微眯起眼睛，似乎在等着他解释。

但林嘉睿不打算提到白薇薇，只是站起身来整了整衣服，道："我先出门了，你早点休息吧。"

"好。"林易并不拦他，轻描淡写地道，"不过你现在出了这扇门，以后可千万不要后悔。"

林嘉睿毫不理会，快到门口时，却被林易一把扯住了胳膊。

林易轻声说："小睿，不要走。"

林嘉睿呼吸一滞，几乎就要停住脚步。

但他很快镇定下来，强忍着没有回头，慢慢、慢慢地扳开了林易的手。

林易的力气极大，但林嘉睿的决心更为坚定，最后果然挣脱了桎梏，打开房门走了出去。

他太了解林易了，即使没有回头，也猜得到那个人的脸色有多难看，自己的举动肯定惹恼了他。

可是无所谓了，再过不久，林易多年来的心愿就能实现。

到了那个时候，谁还会记得今日的小小争执？

林嘉睿出门后，打车去了跟白薇薇约好的地方。

两人相谈甚欢，等一切谈妥时都快 11 点了。

林嘉睿照旧打车回家，开了门一看，屋子里空荡荡的，林易早就不见踪影了。

他给林易打了两通电话，第一次是没人接，第二次是关机了。

看来冷战已经升级，这是打算直接绝交了？

林嘉睿想了想，没有再打第三次电话，只从床头的抽屉里翻出那瓶药，吞下两片药后，一个人躺在床上沉沉入睡。

没什么大不了的。

反正林易是来是走，从来也轮不到他来过问。

林嘉睿没想到的是，关于他跟顾言的传闻竟然愈演愈烈，像是有人在背后推波助澜似的，不只天天有记者来片场堵人，连网上也引起了热议，流言蜚语四处乱传，倒是让他们还在拍摄中的电影火了一把。

　　顾言身为公众人物，不得不摆出最动人的微笑，一遍遍澄清他跟林嘉睿的关系，直笑得脸都僵了。

　　林嘉睿比他大牌许多，对任何人都爱理不理，一点不怕得罪记者，每次座驾一来就上车走人。

　　即使如此，两人依然是不胜其扰。

　　后来林嘉睿也是烦了，干脆给顾言放了两天假，他自己则趁机处理一些私事。

　　这天早上，他一早就出门办事，下午看看时间还早，便回片场补拍了几个镜头。

　　快收工的时候，那个新人小陈跟助理小张凑在一起窃窃私语，看见他走过来，小陈立刻闪到了一边。

　　林嘉睿心中奇怪，不由得多看了几眼，这才发现小陈脸上青紫一片。

　　这副模样……简直像是被人痛打了一顿。

　　林嘉睿知道演员最爱惜自己的脸孔，小陈又是温和安静的性格，轻易不会去招惹麻烦，除非……

　　他眼皮一跳，心中隐隐有个猜测，上前一步道：“小陈，你的脸是怎么回事？”

　　“林导，我以为你今天不会过来了，我……”

"你是怎么受伤的？"

"没什么，是我自己不小心……不小心……"小陈憋了半天，支支吾吾的说不出个理由来。

实在也是这个理由不好编，说是不小心摔了一跤，谁会信？总不能说自己心血来潮去打拳击了吧？

林嘉睿一见这人欲言又止的样子，就知道自己果然猜中了，问："是不是被人打的？"

小陈不是那种会说谎的人，眼看瞒不过去，就老老实实道："我今天早上出门的时候，被几个人堵在了楼梯间里，他们说要给我一个教训，让我……"

悄悄觑林嘉睿一眼，小陈才接着道："让我以后离林导你远一点。"

"那几个人是不是一副凶相，其中一个脸上还有疤？"

小陈垂着眼睛没有说话，算是默认了。

既然连刀疤都出马了，那幕后主使是谁，自然是不言而喻了。

林嘉睿握了握拳头，又慢慢松开来，强压住满心怒气，好声好气地安抚了小陈几句。

事情既然是因他而起，自然要由他来解决。

好在小陈只受了些皮外伤，休息几天也就好了，他现在更担心的是顾言。

想起林易那天威胁的话语，林嘉睿只觉后怕不已，忙给顾言打了个电话，等了一会儿后，电话是打通了，却一直没有人接。

他马上又打给林易，结果还是关机。

他不敢耽误时间，转头对助理小张道："车钥匙给我。"

"啊？林导你又不会开车，要车钥匙干吗？"

"快点，我赶时间。"

林嘉睿并未提高音量，只那么冷着脸说一句话，气势就已经足够慑人了。

小张不敢顶嘴，乖乖取出了车钥匙。

林嘉睿一把抢过了，快步走出片场，上了车子后，毫不犹豫地发动了汽车。

他虽然没考驾照，但开车还是会的，这时候时间紧迫，只好不理交通规则了。

林嘉睿不知道顾言现在在哪里，先开车去他家找了一遍，接着想起顾言在市中心开了家餐厅，连忙又赶去了那边。

他开车的手法不算熟练，一路上开得横冲直撞、惊心动魄，简直时刻有撞车自毁的危险。

不知他的运气算好还是不好，竟然平安无事地开到了餐厅附近，还在半路上遇见了刀疤和几个打手。

刀疤向来对他还算恭敬，在他的追问之下，很快说出了顾言的下落。

林嘉睿又马不停蹄地冲过去，最后在一处地下停车场找到了顾言。

顾言跟他那个送酒心饺子的粉丝在一起，两人都是受伤不轻的样子，显然已经挨过一顿打了。

林嘉睿不禁皱了皱眉，道："还是来晚一步。"

他开了后座的车门，一边扶住顾言的手臂，一边说："快上车，我送你们去医院。"

顾言"嗯"了一声，一瘸一拐地坐进了车里。

可怜他身上都挂彩了，还没弄明白是怎么招来这场无妄之灾的。

林嘉睿一踩油门，任凭车子发疯般冲出去，在颠簸的车中解释了一下事情的来龙去脉。

当然，他隐去了对于林易的猜测，只说这一番炒作影响了林家的声誉，所以惹怒了某个脾气不佳的掌权人物。

顾言听完后，突然想起某件事来，问："林导，我记得你好像不会开车？"

"唔，只是从来不开而已。"林嘉睿头也没回，很随意地答道，"上手之后发现还挺简单的。"

顾言听得心惊肉跳，一把抱住了他身边那个粉丝，嘴里大叫"停车"。

林嘉睿皱了下眉，果真踩了刹车，不过并不是因为顾言大叫的关系，而是后面有几辆车子追了上来，很有技巧地拦住了他的去路，迫得他不得不停下了车。

追上来的车子清一色是黑色的，当中一辆豪车尤为显眼，依稀可见开车的就是刀疤。

车后座上也坐着一个人，但由于被车窗遮挡的缘故，只能看见那人英俊的侧脸。

林嘉睿按了按喇叭，又降下车窗来，冷冷地说："让路！"

那几辆车纹丝不动。

林嘉睿知道林易这是在跟他较劲。

除非他肯低头服软，否则，今天这件事绝对不好收场。

他沉默地凝视前方，按在方向盘上的双手握得死紧，白皙的手背上青筋毕现。

　　而后他缓缓松开了手，表情平静地开门下车，对坐在另一辆车上的林易道："有什么事冲着我来就行了，别找我朋友麻烦。"

　　林易低低笑了一声，简洁地吐出两个字："上车。"

　　声音算不上多么严厉，但语气霸道至极，叫人不敢违逆。

　　林嘉睿回头把车钥匙扔给顾言，叫他自己先去医院，然后整了整衣领，仍带着那骄傲冷漠的神情，绕过去打开了后座的门。

　　他一坐进车里，刀疤就发动了车子。

　　其他几辆车也跟着动了起来，不一会儿便疾驰而去。

　　夜色渐深。

　　窗外的街灯一盏盏亮起来，淡淡的光芒照在林易脸上。

　　他对林嘉睿的表现还算满意，手指一下下敲击着车窗玻璃，道："今天这件事，我就是想给姓顾的一个教训。"

　　"是吗？我看更像是杀鸡儆猴，专门做给我看的。"

　　林易伸过手来，指尖擦过他微凉的手掌，道："当然，也是顺便提醒你，以后别随便交朋友。"

　　"说过多少遍了，炒作的事跟顾言无关。当然，叔叔也不必太过费神了，从今往后，会有另一个人替我操心这些事的。"

　　林易弯了弯嘴角，眼中露出一点笑意。

　　林嘉睿接着说道："就是我将来的妻子。"

　　林易脸上的笑容一凝。

　　他问："什么意思？"

"我下个月结婚。"林嘉睿微笑起来，眸色似黑夜般深浓，"欢迎叔叔你来观礼。"

林易的手一下就攥紧了。

他像是吃了一惊，愕然地盯住林嘉睿，眼底闪过种种情绪，但很快又恢复如常，嘲讽地笑一笑，道："你以为结婚是过家家，说结就能结吗？凭你的身份，怎么可能随随便便结婚？"

林嘉睿不紧不慢地道："我不过是邀请你来参加婚礼，并没有打算征求你的意见。"

林易的脸色愈加难看，他沉声问："那个女人是谁？"

"为了保护她的隐私，我暂时不能说出她的名字，反正到了婚礼那天，叔叔你就知道了。虽然你当初结婚的时候没有请我，不过我不会计较这些，还是会发请帖给你的。"

"林嘉睿！"

"嘘。"林嘉睿竖起一根手指来抵在唇上，道，"有什么话回公寓再说吧，没必要在车上吵起来。"

林易静了静，看一眼正在开车的刀疤，果然忍下了怒气，从怀里摸出烟盒跟打火机。

他刚敲出一支烟来，林嘉睿就伸手取过打火机，熟练地替他点燃了烟。

袅袅白烟在车里弥漫开来。

林嘉睿咳嗽几声，忽而对林易道："也给我一支吧。"

林易一言不发地把烟盒扔给他。

林嘉睿点上烟，狠狠抽了一口，紧接着就更加剧烈地咳嗽起来。

林易见状，立刻抢过烟来掐灭了，道："不会抽就别抽了。"

"谁说我不会？"林嘉睿望着那缭绕而起的白烟，有些恍惚地说，"我第一次抽烟，不正是你教我的？"

林易心中一动，忽然叫道："停车！"

刀疤连忙踩了刹车，回头道："老大，还有两条街才到。"

"我们走路回去。"

林易把车门一开，拉着林嘉睿就下了车。

这时候虽是初春，风里却还带着些凉意，街上人来人往，行人并不算少。

林易的外套被风吹得猎猎作响，他丝毫不管旁人的目光，拉着林嘉睿一步步往前走。

林嘉睿默默跟牢他的脚步。

他故意走得慢一些，好看清林易挺拔的背影，心想，何止抽烟是他教的？还有许许多多的第一次，第一次开车，第一次喝酒，第一次……全身心信任一个人，然后被伤害得体无完肤。

而他现在，正要跟这个人说再见。

林易走得并不快，但再长的路也有尽头，两条街很快就走完了。

进了家门之后，林易一把甩上房门，低声说："小睿，别再跟我闹别扭了。"

他先前那么生气，却被林嘉睿的一句话打动了，把他当小孩子一样哄着："我们浪费了这么多时间，现在好不容易才和解，不是更应该好好珍惜吗？"

"叔叔，你是不是误会什么了？"林嘉睿不为所动，面无表情地道，"我什么时候说过……要原谅你了？"

林易怔了怔，一时竟答不上来。

林嘉睿便继续道："你说要重新认识，我答应了吗？"

他深吸一口气，一字一字地将话说完："从，来，没，有。"

林易放在身侧的手一点点握成拳头。

他已经想起来了，从他回来到现在，林嘉睿一直表现得十分顺从。

但也仅仅是顺从而已。

眼前的林嘉睿，早已不是十年前那个深信着他的少年了。

"不可能，"林易只略一动摇，又马上否定道，"你明明……"

"是，我承认'林易'这两个字，就是我的弱点。"林嘉睿的语气极为冷静，"所以我早就说过了，愿意用我名下的股份，换我们恩怨两清。"

说着，他走到客厅中央的茶几旁，从上面拿起一份文件递过去，道："这个……应当是你一直想要的吧？"

林易接过文件一看，正是他梦寐以求的股份转让协议。

但他只看了一眼，就随手扔在旁边，眼睛仍是望住林嘉睿，脸色阴沉得可怕："你这算什么意思？耍着我玩吗？"

"只是如你所愿而已。你为了得到这个，不是还千方百计地装出一副好叔叔的样子吗？总不能让你白白浪费演技吧。"

林易蹙眉道："我……"

"不用解释了，我明白的。"

林嘉睿打断他的话，上前一步，从他外套口袋里翻出那只黑色皮夹，把里面那张旧照片抽了出来，深深凝视着从前的自己。

"我不知道你从哪里弄来我高中时的照片，不过这一张，并不是我从前硬塞给你的那张。"

他边说边把照片翻过来，冲林易扬一扬空白的背面，"我那时候在照片背面写了字，不知道你是忘记了，还是看都没看一眼，直接就扔掉了。"

林易窒了一下，还没来得及回答，林嘉睿已替他说出了答案："我猜是后者。"

话落，他连眼睛也不眨一眨，手上稍稍用力，就这么将照片撕成了碎片。

他脸上神色如常，嘴角甚至还带了一丝笑意，但那样一种冷静决绝的表情，让他看起来更像是在一点一点地撕着自己的过往。

林易静了许久，才开口问道："你既然早就发现了，为什么装作什么都不知道？"

"我只是想看看你的演技到底有多精湛，结果没有让我失望，果然相当厉害。"

"林嘉睿，算你狠。"

"彼此彼此。"林嘉睿笑了一笑，眼角眉梢尽透着冷漠之色，与十年前那个粲然微笑的他再不相同，"都是跟叔叔你学的。"

林嘉睿难得穿一次西装。

纯白色的西装剪裁流畅，将他的修长身材衬托得恰到好处，往灯光下一站，别有一种清俊气质。

但林嘉睿穿惯了T恤和球鞋，穿这一身总觉得浑身别扭。

他对着镜子整了整颈上的领结，刚想叫店员换一套黑的过来，手机铃声就响了。

林嘉睿接起来一听，原来是白薇薇打来的。

"嗯，正在试衣服……当然是按你的要求，选了白色的……好，我一会儿过去拍照。"

挂断电话后，陪他一起来的林嘉文撇了撇嘴，哼哼道："你婚都还没结，已经变成妻奴了？"

"我快结婚了，三哥好像不太开心？"

林嘉文走过去帮他抚平衣领上的褶皱，再拍了拍他的肩，道："我当然想你早点成家立业，但实在不希望你因为那种理由结婚。"

"这世上结婚的人那么多，有多少是为了爱情？还不是各有各的理由。"

林嘉睿眼皮也不抬一下，淡然道："能娶到白小姐这样的大美人，还有什么不满足的？"

林嘉文知道他的性格有多固执，一旦打定了主意，再怎么劝也是不听。

末了，林嘉文只好叹了口气，道："算了，只要你高兴就好，其他的都是小事。"

顿了顿，他又问："对了，林易那边怎么样了？"

林嘉睿指尖一颤，看了看镜中略显陌生的自己，道："他已经得到他想要的了，从今往后，林家不再欠他什么。"

林家是可以跟他毫无关系，可是你呢？那是你从小到大最依赖的叔叔……

林嘉文心里这样想着，却不敢问出口来，小声嘀咕道："我只是担心……"

"担心我的婚礼上，他包的红包不够厚？放心，我相信叔叔一定会很大方的。"

林嘉文一听就傻了："你不会真的给他发请帖了吧？"

林嘉睿反问："为什么不发？"

林嘉文说不出话来，只盼他是真的心无芥蒂了。

只要这个弟弟能平平安安的，林氏偌大的家业，弃了也就弃了。

林嘉睿不太习惯身上这套西装，但为了不让白薇薇失望，也就不再换别的了。

他抬腕看一下手表，道："时间差不多了，三哥陪我过去拍照吗？"

"不去不去。"林嘉文连连摇手，"女人拍照最麻烦了，一会儿这样一会儿那样，我可伺候不起。"

"那我自己过去。"

"要我开车送你吗？"

"不用了，反正离得这么近，走几步就到了。"

林嘉睿边说边刷卡付了钱，直接穿着那套西装出了门，在路口跟林嘉文道别后，自己一个人慢悠悠地往前走。

他那部电影前段时间刚刚杀青，最近算是空了下来，所以打算把婚事给办了，今天正是约了白薇薇拍婚纱照。

女人好像无论到哪个年纪，都对婚礼充满了憧憬，明明是假结婚，白薇薇还是很讲究各种细节。

林嘉睿没办法，只得勉为其难地当一回白马王子了。

刚走到半路上，白薇薇的追魂电话就又打过来，催促他快点过去拍照。

林嘉睿的脾气不是特别好，但对女性总是多一分耐心，他连声说："是是是，大小姐，我马上就到了。"

说完就听电话那头的化妆师在笑："这么急干什么？新郎又跑不掉。"

林嘉睿原本想跟着说笑几句，却见一辆车从后面开上来，缓缓地跟在他身边。

他走的是一条近路，街道相对偏僻一些，路上几乎不见什么行人。

林嘉睿心头一跳，顿时生了警觉之心，转身就想往回走。

不料刚走出两步，就见两道人影从角落里蹿了出来。

他还没来得及看清那两人的长相，又有一人从后面追上来，伸手捂住了他的口鼻。

林嘉睿只闻到一股异香，便觉眼前一黑，霎时失去了知觉。

林嘉睿不知自己睡了多久，醒来时，发现自己已经躺在了柔软的床上，四周漆黑一片，窗帘拉得严严实实的，也不晓得是白天还是晚上。

绑架？！

这是林嘉睿脑海里冒出的第一个念头。

他头还有些犯晕，好在手脚并未被绑住，连忙从床上坐了起来。

这么一动，他才发现床边竟然站着一个人，黑暗中视线模糊，根本看不清那人的面容。

林嘉睿吓了一跳，不由得问："……谁？"

那人一言不发，只是安静地盯着他看。

林嘉睿闭了闭眼睛，冷声道："绑架加上非法监禁，不知道一共要坐几年牢呢，叔叔？"

那人终于出声了，低低笑道："你什么时候认出来的？"

"我要是连你都认不出来，岂不是白活这么多年了？"

林易手一抬，开了床头的一盏壁灯，道："放心，巧取豪夺的事我也干过不少了，不差这么一桩两桩。"

突如其来的灯光让林嘉睿不太适应，正晃神间，又听林易接着说道："给你那个未婚妻打个电话吧。"

"什么？"

"只要说一句话就好，"林易道，"告诉她，婚礼取消了。"

他这句话说得漫不经心，仿佛只是随口开了个玩笑，但眼神中透着冷意，像一头蓄势待发的野兽，随时准备扑上来撕咬猎物。

林嘉睿绝对是最配合的猎物，马上就说："手机给我。"

林易便从床头取过手机，一边递进他手里，一边问："你今天怎么这么听话？那天说要结婚时的气势呢？"

"无所谓，"林嘉睿低头翻找白薇薇的号码，道，"反正已经登记结婚了，婚礼不过是走个过场，取消就取消吧。"

话音刚落，就听"砰"的一声，林易挥手打落了林嘉睿拿着的手机。

手机一下子飞出去老远，落在地上摔得四分五裂。

林嘉睿颇为惋惜地说："至少让我打个电话给我三哥，我突然不见了，他肯定会担心的。"

林易并不理会，只是捏着他的手臂，问："登记结婚……是什么时候的事？"

"就是邀你参加婚礼那天。那天早上我刚把手续办了，晚上就遇见你了，真是够巧的。哦，忘了说，你是第一个知道喜讯的人。"

林易直盯住他看，抓着他胳膊的手越收越紧，在那白皙的手臂上勒出淡淡指印。

林嘉睿恍若未觉，开口问道："你抓我过来到底有什么事？"

林易没有回答他，反而自言自语道："不就是跟个三流小明星结婚了吗？没关系，随时都可以离婚的，不是吗？"

林嘉睿浑身一震，陡然睁大了眼睛："你想干什么？"

林易的回答是一把将他拉了起来。

林嘉睿只觉一阵晕眩，接着就被拖着走了几步，脸颊贴在了冰凉的物体上。

他睁开眼睛一看，原来是房间里那面穿衣镜。

此时灯光打得正亮，橘色光芒照在镜子上，镜面清晰明亮，将他强装镇定、实则孤立无援的模样完完全全地倒映出来。

林嘉睿像被刺了一下，慌忙转开眼睛。

林易却把他整个人压在镜子上，逼他正视镜子里的自己。

"啊……不要……"

林嘉睿越是挣扎，就越能看见镜中自己的丑态，连眼底的畏缩与惊惧，也能看得一清二楚。

他的双手无力地抵在镜子上，一如此刻的他那样无能为力。

林易透过镜子与他对视片刻，道："只要你乖乖听话，就什么事也不会发生，否则……我可不敢保证。"

说着，他在林嘉睿脖子上重重按了一下。

他按得十分用力，在那白皙的脖颈上留下了深深的指印，像是要烙上一个永恒的印记。

而后，他一字一顿地说："记住，你只能听我的。"

林嘉睿摇了摇头，想要反驳这一句话，但是一张嘴，却没能发出声音。

他只好咬紧牙关，闭着眼睛贴在镜子上。

直到林易松开手时，他才如失去力气一般，颓然地倒在了地上。

天色很快暗了下来，林嘉睿却睡不着了。

他习惯性地拉开床边的抽屉，在里面翻找那个药瓶。

找了一阵他才蓦然想起，那瓶药是放在从前的公寓里，而现在，林易显然换了个住处。

……没有药。

林嘉睿心里一紧，望了望黑夜中寂静的一切，大睁着眼睛盯住天花板，知道今晚注定是一个不眠之夜了。

他开始担心林易什么时候才肯放他回去。

他不明白林易到底想要些什么。

股份已经到手，公司早在他的掌握之中，林家的衰败已成定局，他还有什么不满意的？

林嘉睿越想越觉得额角隐隐作痛。

他想不出来自己还有什么利用价值。

除了……他的命。

以命抵命。

真是再公平不过了。

如果林易想要的是这个，他随时都能让他如愿。

离天亮还有好几个钟头，林嘉睿在床上翻来覆去，反反复复地想着这件事情。

他也知道这样的念头太过危险，但就是阻止不了。

直到天色快亮的时候，他才迷迷糊糊地睡了过去。

这一觉没有睡得太沉，天一亮，他就从梦中惊醒过来。

林易早已经出门了，房间里空荡荡的，只那面穿衣镜还明晃晃地立在原处。

林嘉睿别开眼睛，四下里一找，没有发现他昨天穿的那身衣服。

他知道衣服肯定是被林易处理掉了，也没怎么放在心上，从衣柜里翻出件衬衫就穿上了。

然后他起身下床，拉开了窗帘朝外面望了望。

沿绿色区域边缘裁剪，白色虚线折叠
内部沿黑色虚线裁剪

旧梦
Old dream

旧梦
Old dream
非卖品

粘贴处

窗外是一处打理得相当漂亮的花园，百花争奇斗艳，凉亭石凳一应俱全，一条石子铺成的小路蜿蜒向前，最后隐没在了郁郁葱葱的树丛中，环境十分清幽。

市区里是绝没有这种房子的，林嘉睿猜想这是林易在郊区购置的别墅。

从窗口离地面的高度来看，他现在应该是在三楼，跳下去死不了人，但受点伤是避免不了的。

他当然可以学电影里的桥段，撕了床单结成绳梯爬下去，不过门口肯定有人守着。

他本来就不擅长打架，近来体力和精力又下降得厉害，成功逃出去的概率基本为零。

林嘉睿只稍微想一想，就打消了这个计划，转而在别墅里转了转。

三楼是几间客房，二楼是一间书房和一个小客厅，一楼则守着林易的几个手下。

林嘉睿虽然没被限制行动，但也没去一楼，只在书房里找了几本书来看。

林易知道他向来是不吃早饭的，所以到了中午的时候，才有人把午饭送上来。

来的是个染了一头黄毛的小年轻，耳朵上打了七八个耳洞，打扮得特别新潮。

林嘉睿跟他不是很熟，但好歹也算认识，便闲聊了几句，从他嘴里套了些话：二楼、三楼的电话都被拆了，只有一楼有电话机，不过林易特别吩咐过，不准他跟外面联系。

林嘉睿从来不干自不量力的事，所以没有试着去打电话，只捧着本书坐了一个下午。

等晚上林易回来时，他已经列出了一份书单，丢给林易道："这是我最近要看的书。"

林易笑着接过了："我明天就去买。"

"你打算什么时候让我离开？"

"当然是能关多久就关多久。"

林嘉睿"哦"了一声，像是早料到这个问题的答案，问完了就不再说话。

反而是林易走过来道："再等等吧，你现在在风口浪尖上，又是炒作又是结婚的，放你到处乱跑，我不放心。"

说完他又问："身体还好吧？"

林嘉睿的肩膀顿时一僵，但脸上却未表现出来，只是若无其事地说："死不了。"

林嘉睿倦极而眠，但睡到半夜又醒过来。

在这漫漫长夜里，他无比清醒地睁开了眼睛。

他已习惯了这样的黑暗。

他知道，真正的折磨这才开始。

到了第二天，林易依约把书单上的书买了回来。

只要林嘉睿表现得顺从听话，他便也是和颜悦色，甚至还允许林嘉睿给他三哥发了条短信报平安。

林嘉睿没有了药物的辅助，失眠的情况越来越严重，甚至连情绪都有点不受控制了。

白天还好一些，可以靠书本和电视转移注意力，晚上的时间则格外难熬，睡不着时胡思乱想，睡着时又噩梦连连。

不过短短几天，他的身体就已经支持不住了。

更糟糕的是，这一个月快要过去，转眼又要到 12 号了。

过去的十年里，林嘉睿每个月 12 号都会去心理诊所，风雨无阻。

若是打破了这个惯例，会怎么样？

他不敢深想下去，有时又觉得未必到得了那一天。

林易并未特意派人盯着他，他有太多的方法结束眼前的痛苦，耳边像有个声音时时刻刻在诱惑着他，只要稍微软弱一下……

对，就像十年前他一步步走进冰凉水中那样，只要轻轻闭上眼睛，就什么都结束了。

实在是太诱人了。

林嘉睿为了抵御这样的诱惑，把自己弄得筋疲力尽，最后连忙于工作的林易都发现了他的异样。

这天睡觉之前，林易扳过他的脸端详了一阵，道："怎么回事？你最近又不拍电影，整天在家里待着，怎么反而越养越瘦了？"

林嘉睿顺势说："整天关在房间里，太闷了。"

林易沉吟一阵，道："过几天带你出去透透气。"

"怎么？终于肯放人了？"

林易道："我不准你出门，是怕你又闹出事来。"

"怕我惹是生非，影响林氏的股价？"

"林嘉睿，你明知道我关心的不是这个！"

"何必呢？"林嘉睿身上没有力气，说话也是懒洋洋的，"到了这个时候还要演戏。"

林易脸色一变，像是被他气到了，又像是在气自己。

过了一会儿，林易才说："我承认，你从前送我的那张照片，早就已经不见了。"

林嘉睿轻轻地笑出来。

林易接着道："但你有没有想过，我手上的那张照片，是怎么弄到的？一个一个的去找你的高中同学，用金钱、用威胁、用各种手段找出这么一张照片，再天天带在身边，难道只是为了骗你一骗？"

林易的手指慢慢攥紧，像从前那样叫他的名字："小睿……"

林嘉睿怔在那里，突然间动弹不得。

他隐约猜到林易要说些什么。

这世上，只有这一件事令他害怕。

别说！

不要说！

他心底这样大喊着，林易却已经开口道："或许你不相信，但我确实是真心将你视作家人的。"

"小睿，我是真心将你视作家人的。"

谎话！

"小睿……"

假的！

林易的声音低沉沙哑，一遍遍喊他的名字。

但林嘉睿不为所动。

他已经知道后面的剧情了。

果然，接下来画面一转，他又回到了熟悉的林家大宅里。

客厅里热闹得很，一个个熟人走过来跟他打招呼，恭喜他考上了心仪的学校。

他们都是为了给爷爷贺寿才来的，可是谁也料不到，林易处心积虑，在寿宴上安排了一出闹剧。

林嘉睿知道自己身在梦中。

但无论重复多少次，他始终摆脱不了这个梦境。

他眼看着林易站起来敬了一圈酒，笑说要给大家看他准备的礼物，然后走过去打开了电视机。

按下按钮时，林易回过头来笑了笑。

林嘉睿觉得五脏六腑一阵绞痛，却没有大喊大闹，没有上前阻止，反而也跟着微笑起来。他安静地看着屏幕上出现的画面，安静地听着林易的嗓音在耳边响起——

"小睿……"

林嘉睿猛地睁开眼睛，终于清醒过来。

他不过是做了一个噩梦而已，却几乎用尽了全身力气，背后冷汗淋漓，连衣服都被打湿了。

这时候仍是半夜，他转头看看周围，却没有见着林易。

林嘉睿翻身下床，走出房间找了一圈，最后在阳台上找到了林易。

林易正靠在栏杆上看外面的风景，手中挟一支香烟，点点星光落进他眼睛里，有种说不出的寥落萧索。

林嘉睿反正也睡不着，便抬脚走了过去。

林易看他一眼，问："怎么这个时候醒了？"

"刚才做了个噩梦。"

林易伸手抚了抚他的头发，问："梦见什么了？"

林嘉睿当然不可能说出来，摇头道："一醒过来就忘了。"

林易吸一口烟，再把剩下半支烟递给林嘉睿，挑眉道："试试？"

林嘉睿就着他的手抽了一口，结果立刻咳嗽起来。

林易连忙掐了烟，笑着说："不如让我猜猜，你究竟做了个什么梦？"

林嘉睿怔了怔，还没来得及说话，林易就凑了过来，语气温柔到了极点："嗯，是不是像现在这样？"

林嘉睿顿觉胸口一阵剧痛。

他不敢置信地低下头，发现胸前鲜血淋漓，林易的右手已然刺穿了他的胸膛，正牢牢握着他的心脏。

林易仍旧用那样温和的眼神望着他，然后……毫不留情地捏碎了他的心。

"啊——"

林嘉睿大叫着惊醒过来，差点从沙发上滚下去。

他惊魂未定地喘了喘气，第一个动作就是抬手按住胸口。

他听见怦怦的心跳声，却不确定，自己的心是否已经支离破碎。

守在旁边的林易也被吓了一跳，伸出手来探了探他的额头，问："怎么回事？是不是做噩梦了？这种天气还在沙发上睡觉，你也不怕生病。"

林嘉睿抬起头，茫然地注视着眼前的林易，不知道他究竟是真是假。

过了好一会儿，林嘉睿才渐渐回过神来，自言自语地道："我真的醒了吗？"

林易又好气又好笑，道："太阳都快下山了，你还没睡够？"

林嘉睿望了望窗外，果真看见西下的夕阳。

地板上还扔着一本翻了一半的书，是他睡着时不小心掉在地上的。

想起来了。

他昨晚听了林易那句话后，几乎一夜没有合眼，直到中午吃过饭后，才靠在沙发上打了个瞌睡。

所以，现在这个应该是真实的世界吧？

林嘉睿这样想着，却又隐隐觉得，梦中的一切未必不会应验。

他的一颗心，随时捏在林易手中。

林易见他坐着发呆，便伸手戳了戳他的脸颊，轻声道："既然醒了，就过来签个字吧。"

"签什么？"

林易指了指桌上轻飘飘的一页纸，道："你只要签上名字就行了，其他的我会处理。"

林嘉睿走过去一看，却是吃了一惊。

107

他忙把手指塞进嘴里，重重咬了一口，疼得皱起眉来，才确定自己是清醒的。

林嘉睿张嘴念出纸上的几个字："离婚协议？"

林易点点头，理所当然地说："我知道你结婚是为了气我，觉得我干涉了你的生活，可现在气该消了吧？早点把离婚手续办了，免得以后麻烦。"

林嘉睿僵着不动。

片刻后，他慢慢握紧拳头，只说了四个字："我不能签。"

"小睿，别跟我对着干。"林易闲闲地在沙发上坐下了，伸手解开领带，道，"我脾气不好，生起气来可是很吓人的。"

林嘉睿还是那句话："我不能签。"

不是不肯签，而是不能签。

他花这么多心思跟白薇薇假结婚，可不是为了离着玩的，他是为了……为了……

林易见他执意不肯，竟然也没为难他，拎着领带站起来，取过那张纸看了看，道："不签算了，我另外再想办法。"

林嘉睿是见识过他的脾气的，知道他说得越是轻松，实际上就越是生气，连忙问："你想干什么？"

"我能干什么？既不能打你，又不能骂你，只好找别人出气了。"林易嘴角微微上扬，"反正离婚的办法多得是……"

林嘉睿的心一下子提了起来。

林易说完，把领带往脖子上一挂，转身朝门外走去。

林嘉睿是绝不能让他伤害白薇薇的，想也不想就追了上去。

　　但他身上没什么力气，刚迈出几步，就觉脚下一软，竟然一跤摔在了地上。

　　林嘉睿的意识有短暂的空白。

　　等他恢复过来时，发现自己被林易扶着，耳边轰然作响，好像听见林易在问："小睿，你怎么样了？要不要去医院？"

　　林嘉睿摇了摇头，吃力地抓住林易的手，低声说："……是我。"

　　他声音实在太轻了，林易离得近了，才听见他说："该消失的人……是我。"

第五章　罅隙。

林易伸手摩挲着照片上的道道裂痕，
像是穿过重重叠叠的时光，看着十年前的林嘉睿。

徐远坐了一个钟头的车才到目的地。

那是一幢带花园的三层别墅，典型的西式风格，屋顶上一个大大的露台，正好将屋外的景色尽收眼底。

花园里草木苍翠，门口是一条石子铺成的小路，曲径通幽。

别墅不远处缓缓流淌着一条小河，不时有水鸟停下来栖息，环境格外清幽。

送他过来的刀疤脸下车开了门，道："徐医生，到了。"

他说话客客气气的，但脸上那道长长的伤疤十分吓人，看上去凶神恶煞的，令人不敢直视。

今天早上，这个人就是这副样子闯进心理诊所，软硬兼施地威逼徐远，让他过来治一个病人。

徐远不过是个心理医生，行医这么多年，还从来没遇上过这种阵仗。

他虽然不情不愿，但一方面为自己的安全着想，另一方面也是为了对病人负责，最后还是乖乖上了车。

这时候刀疤脸按响了门铃，他便也下车来等着，没过多久，就见一个染着黄头发的青年走出来开了门。

那青年嘴里还嚼着口香糖，上下打量徐远几眼，问："刀疤哥，要不要先搜一下身？"

"去你的！你小子以为还是以前啊。"刀疤脸笑着踹他一脚，骂道，"这位是徐医生，专门请来给小少爷看病的，给我客气一点！"

黄发青年连声应是，看向徐远的眼神顿时变得恭敬了许多，领着两人进了门。

那刀疤脸看似一副凶相，却还挺懂人情世故，进屋后就吩咐黄发青年去泡茶，又问徐远："徐医生应该饿了吧？要不要吃点东西？"

徐远心里清楚得很，知道人家这么急着找他过来，可不是为了请他吃饭的，便摆了摆手，说："不用了，我先去看看病人吧。"

"好好好。"

刀疤脸正恨不得徐远妙手回春，马上把病人给治好了，省得老大整天阴阳怪气的。现在见徐远如此配合，他哪有不同意的道理，赶紧把人领上了楼。

黄发青年也已泡好了茶，端着茶杯跟上来，边走边小声嘀咕："刀疤哥，小少爷得的不是疯病吗，这医生真能治好他？"

"闭嘴！"刀疤脸狠狠瞪他一眼。

黄发青年缩了缩脖子，果然噤了声，只一双眼睛还滴溜溜地在徐远身上打转。

说话间，几个人很快就到了三楼。

刀疤脸上前一步，敲了敲右边那间房的房门。

"谁？"房间里立刻响起一道略显低沉的嗓音。

刀疤脸忙道："老大，我把徐医生请来了。"

"嗯，进来吧。"那声音压得很低，像是怕吵醒了沉睡中的某个人。

刀疤脸轻轻推开门，朝徐远做一个"请"的手势。

徐远见他们这样小心翼翼，便也不敢弄出太大的动静，轻手轻脚地走了进去。

里面是一间带阳台的大卧房，采光相当好，窗帘却被拉得严严实实的，透不进半点光芒。

徐远望过去，隐约可见床上躺着个人，身上的被子胡乱裹成一团，只露出一头乌黑的短发。一个身材高大的男人坐在床边，手掌正一下一下轻拍着他的背，动作极其温柔。

单论五官的话，这人的相貌算得上英俊，只是棱角太过分明，反而添了一种霸道的戾气。

林易此时的目光尽落在床上那人的身上，只拿眼角扫了扫徐远，道："徐医生是吧？辛苦你跑这一趟。实在是我家小睿太固执了，不肯找别的医生看病，只认准了你一个人，所以只好麻烦你了。"

小睿？

徐远一听这名字就觉得耳熟，不由得凑近了一些，等看清床上那人的面容后，却是大吃一惊。

"林先生？！"

他怎么也料不到，这个据说病得很重的病人，竟然是每个月都会来心理诊所的林嘉睿。

他当然知道林嘉睿近期的情绪不太稳定，但也只是失眠的情况比较严重罢了，怎么才过了没多久，病情就急速恶化了？

"嘘，别叫这么大声。"林易皱了皱眉，手掌仍旧轻拍着林嘉睿的背，道，"他闹了一个晚上，刚刚好不容易才睡着了。"

徐远低头一看，只见林嘉睿脸色苍白，虽在睡梦之中，额头上却渗出细细汗珠，显然睡得并不安稳。

他忙学着林易的样子，把声音压低了问："请问你是……"

"病人家属。"

"哦，"徐远早知道林嘉睿有两个哥哥，猜想他可能是其中之一，便接着说道，"能不能简单描述一下林先生的病情？"

"刚开始是突然晕倒了，我以为他只是普通的生病，找了几个医生来看过。几个医生都说他身体没问题，顶多就是睡眠不足。"

"林先生确实有失眠的症状。"

"后来就越来越严重了，他每天睡得很少，醒来的时候又……"

林易顿了一顿，似乎在犹豫该怎么说下去。

正在这时，床上的林嘉睿不安地动了动，长长的睫毛一阵轻颤。

林易连忙止住声音，伸手拭了拭他额上的汗。

林嘉睿"嗯"了一声，缓缓睁开眼睛，迷糊着问："天黑了吗？现在是几点了？"

"刚过下午，你接着睡。"

林嘉睿摇摇头，说："水……"

床边的杯子里早倒好了水，林易取过来喂他喝下了。

林嘉睿这时才清醒一些，挣扎着从床上坐起来，抬头看向徐远。

林易往他背后塞了一个枕头，道："你不是只肯见徐医生吗？我现在把人请过来了，你跟他聊聊吧。"

　　房间里光线昏暗，林嘉睿眯起眼睛看了一会儿，才算认出了徐远。

　　他眼角弯了弯，露出一点淡淡的笑容，道："徐医生，你怎么也到我梦里来了？"

　　徐远一阵愕然。

　　林易叹了口气，道："如你所见，他清醒的时候，总以为自己还在梦中。"

　　徐远毕竟见多识广，很快就明白过来。

　　他仔细观察了一下林嘉睿的表情，对林易道："我想单独跟林先生说几句话。"

　　"我不能在旁边看着吗？"

　　"治疗的时候最好没有其他人在场。"

　　林易显得不太乐意，右手占有性地攥住林嘉睿的手腕，考虑一番后，低头跟他说了几句话，最后还特意叮嘱道："我就在外面等着，有什么事就出声叫我。"

　　他说完之后，并不急着离开，而是取过一件衣服给林嘉睿穿上，再一颗一颗地扣上扣子。

　　林嘉睿乖乖地任他摆布，表现得非常顺从。

　　徐远看在眼里，只觉这两人间的气氛有些古怪。

　　不过毕竟是别人的家事，他也懒得多管，等林易走出房间后，他便在床边的椅子上坐了下来。

他知道林嘉睿戒心极重，最怕被别人探知心底的秘密，所以他尽量放松语气，像个老朋友似的，随意地跟他闲聊起来："刚才出去的是你哥哥吗？你们兄弟感情不错。"

"错了，他是我叔叔。"

"啊……"徐远记得他曾经提起过这个叔叔，疑惑地道，"你叔叔……不是跟你们家有仇吗？"

"已经两清了。"林嘉睿乌黑的眼睛里看不出什么情绪，他微笑道，"我帮他完成了一个心愿，所以互不相欠了。"

这是林家的家事，徐远不好问得太多，便换了个话题："听说你最近睡得不好？有没有按时吃药？"

"药？"林嘉睿茫然了一下，拉开床边的抽屉看了看，道，"我找不到那瓶药了，不过没关系，我现在已经不做噩梦了。"

徐远正想跟他聊这个，顺势问："林先生做了什么有趣的梦吗？能不能说给我听听？"

"有啊，我这不是梦到你了吗？"

"呃，还有没有其他的？"

林嘉睿认真想了想，开口道："我梦见一片海。"

提起那片海时，林嘉睿眼睛里流露出向往之色。

他娓娓叙述道："那应该是在春天，海水是一片蔚蓝色，风里带着甜甜的花的香气，海浪拍打礁石的声音清晰可闻。只要走进那冰凉的海水里，再轻轻闭上眼睛，无论什么痛苦都会消失不见了……"

徐远听到这里，已经知道那是个什么样的梦境了，连忙叫道："不能过去！"

他怕吓到林嘉睿，推了推眼镜后，放柔声音说："林先生，你既然肯找我看病，就证明你内心深处也是希望自救的吧？我们试着抗拒一下那片海水的诱惑力，多想一些别的事情，好不好？"

林嘉睿闭了闭眼睛，呼吸变得急促起来，不知是否在抵御着茫茫海水的诱惑。

过了一会儿，他忽然睁眼看向徐远，问："徐医生，今天是几号了？"

徐远愣了愣，道："17号。"

"你怎么不早一点来呢？"林嘉睿声音很低，语气里带着一种说不出的遗憾，"真可惜，已经过了12号了。"

他说完这句话后，就不愿继续谈话了，无论徐远问什么，他都不理不睬，仿佛真把徐远当成了梦境中的人。

徐远知道他的心结由来已久，不是一朝一夕就能解开的，所以也没多说，起身走出了房间。

徐远一开门，就撞见了正在门外等候的林易。

林易手里夹了支烟，来来回回地在客厅里走动着，茶几上的烟灰缸里更是堆满了烟头，也不知到底抽了多少。

见到徐远出来，他才稍稍放下心来，问："小睿怎么样了？"

"林先生的情况比我想象中要好一点，及时接受治疗的话，应该能控制住病情。"

林易点点头，指了指旁边的沙发，道："坐。"

待徐远坐定后，他手里的烟刚好抽完，便又敲出一支来点燃了，道："从今天开始，徐医生你就暂时住在这里吧。"

"等一下，我……"

林易扬了扬手，根本不让他有反对的机会，直接就做了决定："误工费再加上治疗费，我会付双倍的报酬给你。"

"这不是钱的问题，而是……"

"放心，酬劳绝对让你满意。"

"可是……"

林易弹了弹烟灰，似笑非笑地说："徐医生软的不吃，是打算让我来硬的吗？"

他本就态度强硬，说出这句话时，更是有一种慑人的气势。

徐远想起那个刀疤脸行事的手段，知道他们都是不要命的人，自己确实不敢跟他们硬碰硬。

他无可奈何地说："我先住几天再说吧。"

林易这才满意地笑笑，道："我会叫人安排房间的。"

然后，他在徐远对面坐下来，问："徐医生，小睿得的究竟是什么病？"

徐远一怔，心想他这个叔叔是怎么当的，竟然连这个也不知道？

心里这么想着，他还是解释道："抑郁症。"

"他目前的病情比较严重，所谓的分不清梦境与现实，其实是一种自我保护的行为，可能是为了逃避某些人或某些事。请问，林先生最近受过什么刺激吗？"

林易沉默了片刻，道："算是有吧，总之都是我的错。"

只相处了这么一会儿，徐远就已对林易的性格有所了解，知道他是个极端自负的人。

这样的人既然会认错，就证明他确实错得离谱。

徐远不禁为林嘉睿捏了一把汗，看了看周围的摆设，道："我个人建议，最好先整理一下房间，把有危险性的、能够伤人的东西都收起来。另外，阳台的门也要上锁，千万不能让林先生靠近窗户。"

林易一听就明白了他话里的意思，蹙眉道："你是说，小睿可能会有伤害自己的倾向？"

"不是可能，而是已经有这样的念头了。现在要是不好好看住他，他随时都可能重蹈覆辙。"

徐远再次奇怪地看了林易一眼，继续道："我不清楚你跟林家有什么矛盾，但是身为他的叔叔，应该知道他不能再受刺激了吧？你难道不知道……他曾经伤害过自己？"

他话音刚落，林易就"腾"的一声从沙发上站起来，呆立片刻后，又慢慢地坐回去，脸上的表情精彩绝伦，实在难以用语言形容。

徐远这才确定，他是真的不知道这件事。

林易回头看了看紧闭的房门，似乎想透过厚重的门板看清里面的那个人，连烟烧着了手指也浑然不觉。

过了一会儿，他才问："是什么时候的事？"

徐远这时已经对他的身份起疑了，反问道："这些具体情况，病人家属应该比我这个医生更加清楚吧？"

"嗯，我明白了。"林易点点头，终于摁灭了烟头，起身走到楼梯口，提高音量道，"刀疤。"

那个刀疤脸很快从楼下走上来："老大，什么事？"

林易低声吩咐了他几句。

徐远离得远了，听不清他们在说些什么，只隐约听到林嘉文这个名字，又听见林易说"就是那个小子""把他给我绑回来"之类的话。

徐远暗暗心惊，不知林嘉睿的这个叔叔到底是干什么的，怎么行事作风如此霸道？

林易跟刀疤交代完事情后，又叫来黄发青年给徐远安排住处，然后也不再说什么客套话，直接转身进了房间。

林嘉睿醒来后就没再睡过，这时正趴在阳台的栏杆上朝外张望。

他这几天睡得太少，明显瘦下来一圈，身上又穿着林易的白衬衫，越发显得单薄瘦削，仿佛被风一吹就会消失无踪了。

林易心头一紧，想起徐远刚才说的话，连忙伸手将他拉了回来，低头问："在看什么？"

林嘉睿双眼望着楼下的花园，道："花都开了。"

这时候已经入夏了，似景繁花开到艳极，正到了由盛转衰的时候，别有一种凄凉孤寂的意味。

林易不敢让他在外面待得太久，只陪他站了一会儿，就把人拉回了房间里。

想了想，又照徐远说的，将阳台门关上了。

林嘉睿并无异议，只是对林易道："我刚才做了一个梦。"

"梦见什么了？"

林嘉睿想了想，从抽屉里翻出纸和笔，随便找个地方就画了起来。

　　他的画工一般，又是在这种条件下信手涂鸦，画出来的东西很难辨认。

　　林易看了许久，才勉强认出个轮廓，估计他画的是蓝天白云、碧波大海。

　　海？

　　林易陡然记起，他刚回来的时候，曾经开玩笑把林嘉睿拖进泳池里，结果把林嘉睿吓得浑身发抖，那种从心底发出的恐惧，是只有溺过水的人才会有的后遗症。

　　难道……

　　"你画的是海。"林易一下抓紧了林嘉睿的胳膊，问，"你跳进海里了，是不是？"

　　林嘉睿冲他笑一笑，说："不是，我是一步步走进去的。"

　　他的眼神略有些迷离，语气轻柔婉转，像在描绘一个甜蜜而美好的梦："海水很凉很凉，先是打湿了脚踝，接着没过了膝盖，然后一点一点漫过胸口。在水底睁开眼睛，能看见蓝的天和白的云。海水又咸又涩，就像是眼泪的味道。"

　　他并非能言善道的人，但描述起这段经历时，那种热切专注的劲头，直让人觉得身临其境。

　　林易嘴里发苦，像是当真尝到了那种又咸又涩的滋味。

　　他深深吸一口气，问："为什么要走到海里去？"

林嘉睿低头继续画他的画，嘴里说道："因为我跟叔叔约好了，要在海边买一幢房子，那里边有一间房间，是专门为他留着的。"

他唰唰几笔，在画上添了高高的悬崖，悬崖上有一幢古里古怪的房子。

林易确定自己见过这样的画面。

数月前他买给林嘉睿的那幅画，就是这样的构图。

但更为遥远的回忆——林嘉睿口中的那个约定，却早已被他遗忘了。

林嘉睿很快就画完了画，端详一番后，道："我找了许多地方，才找到这样一片海。虽然沉进海里时，喘不过气来有点辛苦，不过没关系，只要闭上眼睛就能梦见他了。"

说着，林嘉睿突然抬起头，冲着林易笑了一下，道："嗯，就像现在这样。"

他以为自己犹在梦中，而林易自然是他梦中之人，所以想到什么就说什么。

虽然他嘴上说得轻松，但任谁都猜得到，当初的事有多么凶险。

他已经一步步走入了海中，只要稍有差错，这个世界上就再没有林嘉睿这个人了。

即使隔了十年之久，这样的想象也仍旧令人害怕。

想到这一点，林易的一颗心怎么也静不下来，他抓着林嘉睿的手，低声叫他的名字："小睿……"

林嘉睿却冷不丁问一句："你接下来是不是要说，你是真心把我当一家人的？"

林易一下怔住了。

林嘉睿习以为常地说："不用惊讶，每个梦的开头和结尾都是这样。"

他看着林易道："有件事我从来没有告诉叔叔，现在悄悄跟你说，好不好？"

他不等林易回答，就又自言自语般说下去："其实我最怕痛了，以前怕他笑话我，所以才一直忍着，可是……"

他顿了顿，像是再也忍耐不住那样的痛楚，道："喂，你把刀藏去哪里了？"

"什么刀？"

"就是……"林嘉睿拉起他的手贴在自己心口上，理所当然地说，"往这儿捅的那把刀啊。"

林易的手猛地一颤。

"说你恨我吧。"林嘉睿恍若未觉，闭上眼睛道，"只是出手时记得干净利落一点，别让我痛得太厉害。"

林嘉文天生热爱冒险，常常跑得不见人影，林易那几个手下花了大半个月的时间，才终于找到了他。

好在不用他们费力把人绑回来，林嘉文一听说弟弟在林易那儿，马上自己开车赶到了别墅。

这段时间里，林嘉睿倒是十分配合治疗。

徐远知道他事业心极重，大半精力花在电影的拍摄上，所以特意从这个方面入手，尽量转移他的注意力。

适当的心理引导，再加上药物的辅助，林嘉睿的病情总算是得到了控制。

虽然他仍旧会把梦境与现实弄混，但至少吃下药后，已经能够沉沉入睡了。

林嘉文闯进别墅时，林易正坐在三楼的小客厅里抽烟。

他们两人本来就看彼此不顺眼，视线一对上，林嘉文就飞快地别开了眼睛，冷冷地问："小睿呢？你把他藏去哪里了？"

林易理也不理，照旧坐在沙发上吞云吐雾。

待手中的半支烟抽完了，他才慢条斯理地站起身来，道："别吵，他正在房间里接受治疗，你这么大吵大闹，会打扰到他的。"

"什么治疗？"林嘉文大惊，"小睿受伤了？"

"没有，是心理治疗。"

林嘉文听后，脸色当即变了，非但没有松一口气，反而更加暴跳如雷，怒道："怎么回事？他的病又犯了？是不是你这混蛋害的？"

林易一言不发。

林嘉文当然知道这是默认的意思，额上青筋暴起，一下冲到林易跟前，挥手给了他一拳。

林易没想到林嘉文会突然出手，凭他的身手竟然也没能避开，脸上结结实实地挨了一下，连嘴角都擦破了皮。

林嘉文还不解气，马上又挥出了第二拳。

林易早有准备，毫不费力地抓住了他那只手，凑到他耳边道："我刚才说过了吧？别在这里大吵大闹。治疗结束之前，给我闭上你的嘴。"

林嘉文只觉他手上的力气大得惊人，眼神更是阴沉中带着一丝寒意，令人止不住地背脊发凉。

　　他毫不怀疑，自己若继续吵嚷下去，林易绝对会对他下狠手。

　　他本来就更关心林嘉睿的病情，当然不会在这个时候跟林易拼命，气呼呼地放下手，咬牙道："待会儿再跟你算账。"

　　"好啊，"林易擦了擦嘴角的血渍，满不在乎地说，"随时欢迎。"

　　林嘉文真恨不得再给他一拳，好不容易才忍住了，尽量放低音量，问："小睿现在怎么样了？"

　　林易也不招呼他，自顾自地坐回了沙发上，道："我请了个心理医生回来，他的病情算是稳定住了。"

　　"什么请回来的？"林嘉文不屑地撇撇嘴，"我看根本就是被你抓来的吧？"

　　"是。"林易大方承认，"你要是不肯来的话，也一样是这个待遇。"

　　林嘉文跟他话不投机，只怕说多了又要打起来，便不再说下去。

　　他不知道林嘉睿是个什么情况，一颗心吊在半空里不上不下的，焦躁不安地在客厅里来回走动。

　　等了半个多小时，那扇紧闭的房门才终于被人推开了。

　　林嘉文一个箭步冲上去，差点跟走出来的徐远撞个正着。

　　"抱歉，抱歉。"

　　他嘴里这样说着，脚步却一点没停，一下子走到床边。

　　看见林嘉睿正好端端地坐在床上看书，他悬着的心才算落了下来。

"小睿……"

"三哥，你怎么也来了？"

"我……我听说你病了，过来看看你。"

"小病而已。徐医生说，我很快就能痊愈了。"

林嘉睿除了脸色稍显苍白，其他并无异样，说话时语气平静、思路清晰，更是丝毫不像生病的样子。

这下倒是把林嘉文弄糊涂了，分不清他到底是病着的还是清醒的。

二人聊了几句后，林易叼着烟晃过来，敲了敲门板道："小睿该休息了。"

"我们才刚说了几句话。"林嘉文疑心他是故意针对自己。

林易却不理他，只是拿眼睛看着林嘉睿。

林嘉睿的身体微微一僵，而后道："三哥，我的确觉得困了。"

说话时，他的目光同样落在林易身上。

两个人隔着房间遥遥对望。

林易的身体动了动。

他似乎想走到林嘉睿的身边去，最后却抑制住了这样的冲动，只是柔声说："睡吧。"

自从那一天，林嘉睿将他当成梦中之人，说了那一番话后，林易就不敢太过接近他了。

他已经知道林嘉睿心底的噩梦是什么了。

是他。

"林易"这两个字，才是真正的利刃，一下扎进林嘉睿的胸口去，将他的心捣得血肉模糊。

而这样的梦境，他竟经历了一遍又一遍。

到了最后，他连挣扎的力气也没有了，只求能少疼一点。

因为，他那么怕痛。

林易握了握拳头，觉得五脏六腑翻搅在一起，说不出是哪里也在跟着隐隐作痛。

林嘉文一见他这阴阳怪气的样子就来气，走出房间时顺便把门给关上了，压低声音问："小睿到底病得重不重？"

顿了顿，他又追问道："他这次有没有……想不开？"

林易定了定神，才回答道："暂时没有。"

"没有就好。"林嘉文松了一口气，"我要留下来看着他，万一他又像以前那样……"

"跳海？"

林嘉文先是一惊，接着就冷笑起来："原来你已经知道了。"

"对，他为了你这个混蛋，曾经连生命都放弃了。怎么样？是不是很有成就感？把林家的人折磨成这样，你的报复算是相当成功吧？"

林易从怀里掏出烟来，道："我的目标从来不是他。"

"是，你只是利用他来打击爷爷。可是你有没有想过，他被你利用过之后，会变成什么样？你知不知道，被最信任的人欺骗、背叛，又是种什么滋味？我承认，是林家欠你的，是爷爷欠你的，可是小睿没有欠你！相反，他可能是这世上最在乎

127

你的人。"

林嘉文原本是想揍他一顿出气的，这时却用怜悯的眼神看着他："而这个在乎你的林嘉睿……却被你亲手毁了。"

林易正取了打火机出来点烟，听到这句话时，手指微不可见地轻颤了一下。

他连试几次，都没能把火点着，最后用力过猛，竟然把打火机摔在了地上。

他也不弯腰去捡，只是低头盯住自己的双手。

看了一会儿，他将尚未点燃的香烟咬在嘴里，转身推开了房门。

"喂喂喂，你不是说小睿要休息，刚把我从里面赶出来，怎么自己又进去了？"林嘉文急着伸手拦他。

林易连看也不看他一眼，只低声吐出两个字："滚开。"

说着，他手一扭一送，直接把林嘉文推到了一边。

林嘉文踉跄着后退几步，只觉胳膊被他这么一扭，疼得简直像要断掉了。

他这才知道，刚才那一拳能打中林易是多么侥幸。

等他回过神来，再想追上去时，房门已经被林易锁住了。

林嘉睿的病主要是靠药物压制着，每天不吃药是睡不着的。

林易走进来时，他还没有入睡，手里拿着两片药翻来覆去地把玩着。

"在看什么？怎么还不睡觉？"

林嘉睿一惊，手指飞快收拢，将药片捏在手心里，道："正准备睡了。"

"吃过药没有？"

林嘉睿点点头，握成拳头的手悄悄藏进被子里。

过了一会儿，林嘉睿抬头看向林易，问："今天是几号了？"

林易一时也答不上来，看了看手表才道："7月6号。怎么了？"

"没什么，只是我休息了这么久，也该回去开工了。我手上正好有一个不错的剧本，不拍可就浪费了。"

"可是你的病……"

"只要徐医生允许了，我就能出门了吧？"

林易当然不可能关他一辈子，但也不敢随便让他离开，含糊地说："到时候再看吧。"

林嘉睿也不强求，拉过被子盖在身上，嘴里无声地念："7月6日……7月6日……"

林易没听见他在说什么，见他闭上眼睛，呼吸渐趋平稳，便以为药效开始发作，他已经进入真正的梦中了。

直到这个时候，他才伸手碰了碰林嘉睿的脸，手指轻轻抚平他眉间的褶皱。

林嘉睿不安地动了动。

林易心里一紧，料想他又在做噩梦了。

而这梦中的场景，必定是他温声细语地说着关心的话，然后在林嘉睿最无防备的时候，狠狠一刀扎进他胸口。

正如……他曾经做过的一般。

林易闭了闭眼睛，慢慢靠坐在床头，习惯性地想要抽一支烟。

他抬手在身上翻了个遍，才倏忽想起打火机早被自己扔在地上了。

既然点不了烟，他便放弃了这个念头，转而从怀里摸出那只黑色皮夹，翻开来一看，一张皱巴巴的旧照片映入眼中。

照片里的林嘉睿穿着一身校服，头发比现在短得多，露出光洁的额头及明亮的眼睛，笑得粲然至极。

那天林嘉睿撕了照片后，林易把碎片收集起来，一点一点粘好了，仍是放在皮夹里随身带着。

但他心里清楚地知道，他有本事找来一张、两张、一百张照片，但即使上天入地，也再找不到那个粲然笑着的林嘉睿了。

那个无忧无虑的林嘉睿，已经被他亲手毁了。

林易伸手摩挲着照片上的道道裂痕，像是穿过重重叠叠的时光，看着十年前的林嘉睿。

他自言自语地问："小睿，是不是此生此世，你再也不会信我了？"

他是对着照片里的人问出这句话的，没想到问完之后，身旁的被子竟是簌簌而动。

林易吃了一惊，翻开被子一看——

林嘉睿蜷成一团，一只胳膊抵在嘴边，正用牙齿死死咬着自己的手臂，额上冷汗直冒，身体止不住地颤抖着，也不知疼成了什么样子。

林易忙把他的手臂救了出来，定睛一看，更是心惊不已。

原来那只手臂上血迹斑斑，全是他自己咬出来的伤痕。

有些是快要结痂的，有些则反复地咬了又咬，变得红肿不堪、骇人至极。

一个人要用上多大的力气，才能把自己咬成这样？

饶是林易惯经风浪，也不敢深想下去。

他制住林嘉睿的双手，问："为什么弄伤自己？"

林嘉睿却不答他，目光看向那张重新粘起来的旧照片。

片刻后，林嘉睿怔怔地问："现在这个……到底是不是梦？"

他说话时，握着的拳头一松，先前藏起来的药片就滚了出来。

林易顿时明白过来。

所谓的病情已经稳定，所谓的过不了几天就能痊愈，全部是假象！

不过是林嘉睿一手伪造出来的错觉而已。

事实上，他必须依靠疼痛的刺激，才能分辨出自己是不是清醒着。

这几日天气炎热，房间里的冷气打得十足，林嘉睿整日穿着长袖衬衫，林易又不敢跟他太过亲近，所以谁也没有发现他手臂上的秘密。

如果不是这次偶然发现，他打算忍到什么时候？

林易觉得一口气堵在胸口，不上不下的，钝痛不已。

　　他仔细看了看林嘉睿的伤口，道："我去拿药箱来处理一下。"

　　说完他又想了想，怕林嘉睿再出意外，可又不能拿绳子把人绑起来。

　　最后，他只好用被子把床上的人裹得严严实实的。

　　林嘉睿并不挣扎，依旧盯着那张照片看，心思早不知飞去了哪里。

　　林易叹一口气，起身往门外走。

　　快到门口时，却听林嘉睿的声音在背后响起："是。"

　　他的语气平平静静的，既无一丝波澜，更无一丝犹豫，比任何一个时刻都要清醒。

　　他说："是，我不相信。"

第六章　凉夜

空荡荡的大路上，只他们两个人埋头赶路。

月光将人的影子拉得长长的，

林易脚步一顿，知道林嘉睿是在回答刚才那个问题。

　　无论是在梦境中，还是在现实中，他说出口的话，林嘉睿连一个字也不会信。

　　林易早料到是这个答案，真正听林嘉睿说出来后，反而觉得麻木了。

　　他只是身形晃了一晃，手撑在门板上，很慢很慢地转动门把，开门走了出去。

　　别墅里是备着药箱的，林易处理这点小伤自然也不在话下。

　　但因那鲜血淋漓的伤口是在林嘉睿手臂上，他上药的时候，手指便有些不听使唤。

　　明明已经控制住了力道，还是怕一不小心弄疼了这人。

　　反而是林嘉睿表现得更为镇定，从头到尾连眉头也不皱一下，仿佛丝毫感觉不到疼痛。

　　又或者，他正需要这样的疼痛来保持清醒？

　　林易先是用酒精消了毒，再拿纱布包裹住伤口。

　　简单处理完后，他问林嘉睿："你还吃不吃药？"

　　林嘉睿一副无所谓的态度，反问道："能不吃吗？"

　　按林易平常霸道的性格，早该取出药来喂他吃了，这时却没有勉强他，只是说："不吃就算了，我陪你坐一会儿。"

林易边说边替林嘉睿拢好了被子，又按熄了灯。

林嘉睿不吃药根本睡不着，只能像往常一样，在黑夜中睁大了眼睛。

林易便也这么陪着他，跟他一起听闹钟滴滴答答的声响。

长夜漫漫。

林易以前从不知晓，时间在黑暗中竟然流淌得这样缓慢。

而在他发觉之前，林嘉睿已经独自一人……熬过了无数个相同的夜晚。

等到晨光熹微，天色逐渐亮起来时，林易由于维持同一个姿势太久，半边胳膊都快僵硬了。

反倒是林嘉睿闭上了眼睛，抓着他的手臂，迷迷糊糊地睡着了。

林易怕把人吵醒，仍旧坐着没动。

直到快中午时，他才小心翼翼地抽出手，起身走了出去。

林嘉睿的情况如此严重，他当然不敢瞒着徐远，简略地把昨晚的事情说了。

结果徐远这个正牌医生还没做出反应，林嘉文就先跳了起来，当场就想冲进房间去看弟弟。

林易真后悔叫了他过来，恨不得一脚把他踹出门去。

最后还是徐远阻止了林嘉文，道："林先生好不容易才睡着了，千万别去吵醒他。"

医生的话不能不听，林嘉文这才忍住了，狠狠瞪了林易一眼。

林易根本不去理他，只是问徐远："小睿现在这样……该怎么办？"

　　"一点一点慢慢来吧。林先生的病本来就不可能马上治愈，病情反复是很正常的，家人要是没有足够的耐心，是坚持不下去的。"

　　林嘉文冷哼了一声，道："何必这么麻烦？只要害他生病的那个人消失不见，小睿立马就能痊愈，而且比以前还要活蹦乱跳。"

　　林易一下握紧了拳头。

　　但想起林嘉睿昨天回答他的那句话，他顿时又没了力气，摆了摆手，由得林嘉文去说了。

　　徐远最近跟林嘉睿交流了许多，也猜到林嘉睿的病因应该是在林易身上。

　　不过他没有直接说出来，只道："等林先生醒了，我再跟他聊聊吧。"

　　林嘉睿若不吃药，很难睡得安稳，到了下午就从梦中惊醒了。

　　等他吃过东西填饱肚子后，徐远将吵吵嚷嚷的林嘉文和一言不发的林易请出了房间，自己搬了把椅子坐到床头，随意地聊了聊天气。

　　见林嘉睿放松下来，他才转入正题："林先生不想早点痊愈吗？"

　　"怎么会？"林嘉睿怔了一下，道，"我还想快点回去拍电影呢。"

　　徐远觉得这是一个积极的信号，趁热打铁道："那你为什

136

么不配合治疗？"

"我若是不配合，就不会在这里跟徐医生你说话了。"

"可是听说你不肯吃药。"

林嘉睿静了静，乌黑的眸子望向窗外，过了许久，才吐出几个字来："我不能吃。"

"为什么？"

"今天已经是7号了，"林嘉睿的手轻轻抚上被他自己咬伤的右臂，眼中光影层叠，略带些迷离之色，"我怕吃了药，会睡过头了。"

这是林嘉睿第二次郑重其事地提到日期。

徐远略一思索，蓦然猜到了其中的关键，问："若是错过了12号，会怎么样？"

林嘉睿如遭雷击。

他神情大变，苍白的脸上毫无血色，怔怔地摇了摇头，说："不会错过的。"

顿了一下，他又加重语气，强调道："不能错过。"

徐远从没见他这么激动过，怕一不小心就刺激到他，因此不敢问得太过深入，轻声安抚了几句后，起身退出了房间。

他以前只知道12号是林嘉睿每个月来心理诊所的日子，现在想来肯定另有缘由。

但是出去跟林易他们一说，两人竟都说不出有什么特别的。

到了晚上，林嘉睿照旧不肯吃药。

林易劝不动他，只好像昨天那样坐在床边，仍是用两只手

137

护着他的手。

睡到半夜的时候，林嘉睿突然从床上坐了起来，拉开衣柜的门，开始翻找衣服。

林易被吓了一跳："小睿，你干什么？"

林嘉睿表现得十分冷静，取出一件西装来套在身上，道："我要出门。"

"都这个时间了，你要去哪里？"

"去……"林嘉睿好像也说不出自己要去哪里，却很笃定地说，"我一定要去。"

他飞快地穿好了衣服，转过头来对林易道："轻一点，别让我三哥发现了，他不准我去的。"

林易不知道他是不是犯病了，抓住他的胳膊道："今天实在太晚了，明天我陪你一起去，好不好？"

"不行，"林嘉睿想也不想就否决了，"明天就是12号了。"

林易见他连日子都弄混了，知道他肯定是不清醒的，便把手攥得更紧，问："12号究竟是什么日子？"

"你不知道？"林嘉睿疑惑地看他一眼，像奇怪他怎么连这种人尽皆知的事也不知道，一字一字道，"12号……是那个人离开的日子。"

林易的表情有瞬间的空白。

他根本早已忘了，当初离开林家的时候，是哪一年的哪一天。

但林嘉睿记得清清楚楚。

他在黑夜里穿齐了衣装，急着要去追赶"那个人"。

他沉浸在十年前的旧梦里，用尽力气挣脱林易的钳制，为了奔赴一场早已结束的别离，急切而绝望地叫道："快放开我！我一定要现在就去，迟了就来不及了。"

"好，马上就去。"林易咬了咬牙，终于找回了自己的声音，嘴里尝到的尽是苦味，"……我陪你去。"

"你？"

"你又不会开车，万一……万一去迟了怎么办？"

林嘉睿一听这话，果然点了点头，催促林易："那快走吧。"

林易怀疑自己也疯了。

他没时间去想太多，随便扯了件衣服来套在身上，开了门走出房间。

林嘉睿自从被绑来别墅后，就再没有离开这里，这段时间旧病复发，身体更是差了许多，即使在这么炎热的夏天，指尖也是冰凉的。

林易将那微凉的手握在掌中，像牵着小孩儿一样，拉着他走下了楼梯。

黑暗中万籁俱静。

平常守在一楼的刀疤等人这时早已睡了。

林易没惊动任何人，只是开了客厅的灯，从抽屉里找出一把车钥匙，便继续拉着林嘉睿往外面走。

林嘉睿这时又变得十分听话了。

只要能赶上想象中的林易，就算前方是通往地狱的道路，他也会跟着林易走。

林易摸黑从车库里开出了车。

不用等他吩咐，林嘉睿就坐上了副驾驶座，双眼直视着前方，说："走吧。"

他不说要去哪个地方，林易也没有开口问。

除非他有本领让时光倒流，否则就算开到天荒地老，也到不了目的地。

但林易还是发动了车子，油门一踩，汽车飞驰而去。

别墅虽在郊区，但周围的道路状况不错，开出去不远，就是一条笔直的大道。

路旁没有什么人烟，只是大片大片的花田，春天时花海摇曳，这个时节早已衰败了，在这样寂静的夜里，显出一种荒凉的气氛来。

林易一路往前开去，时不时转头看看身旁的林嘉睿。

林嘉睿坐姿端正，交握着的双手却有些发抖，嘴里自言自语的不知在说些什么。

林易一手握住方向盘，空出另一只手来，轻轻覆在林嘉睿的手上。

林嘉睿一下抬起头来看他，问："来得及吗？"

林易胸口一窒，实在不知道怎么回答才好。

而林嘉睿专注地望着林易，像望着一个救命之人。

林易闭了闭眼睛，艰难地点一下头，说："当然。"

林嘉睿松了口气，脸上露出一点点笑容，依稀是十年前全心全意信任着他时的模样。

　　林易握着方向盘的手轻颤一下，只恨时光无情，他车速飙得再快，也开不回十年前的那一天，阻止不了那个早已离去的人。

　　车子又开了一阵后，车速渐渐减慢，林易怎么踩油门也没有用。

　　直到车子完全停下来，他才发现是没油了。

　　只怪他太久没有开车，又是半夜三更悄悄出门，根本没有注意这个。

　　现在车子停在了半道上，前不着村，后不着店的，完全是动弹不得了。

　　林易无计可施，开了车门下来，狠狠踹了车子两脚。

　　林嘉睿却比他冷静得多，也从车上下来，问："是不是车坏了？"

　　"小睿……"

　　"没关系，我自己走过去就行了。"

　　说完，他看也不看那辆汽车一眼，认定了一个方向，就一心一意地往前走。

　　林易当然不能任他到处乱跑，连忙追了上去。

　　月上中天。

　　月光将人的影子拉得长长的，空荡荡的大路上，只他们两个人埋头赶路。

　　林嘉睿许久没有出门，体力和精力都不比从前，走了没多久，气息就变得急促起来。

刚好脚下的路不太平整，他不小心滑了滑，差点跌倒在地。

好在林易一直跟着他，连忙扶住了他的胳膊，道："小睿，你身体太虚弱了，不能再走了。"

林嘉睿毫不理会，虽然脚步踉跄，眼睛却一直盯着前方。

林易只好退了一步："那停下来休息一下吧，现在时间还早，一定能赶上的。"

林嘉睿还是不肯。

林易叹了口气，抢在他跟前走了两步，然后蹲下身来，招手道："上来吧。"

林嘉睿愣在那里。

反而是林易回过头来，催他道："快点，我背你。"

林嘉睿似乎犹豫了一下，但最终还是急切的心情战胜了一切，大步走到林易身后，手脚笨拙地搭上他的肩，慢慢趴在了他的背上。

林易早知道林嘉睿近来瘦了不少，可这时背着这人站起身，才发现这人真是轻得很了，背在身上丝毫也不觉得重。

他不知道目的地在哪里，便也不去管什么东南西北，只是迈开了步子往前走。

林嘉睿安静地伏在他背上，热热的呼吸喷在他耳边。

也不知过了多久，林嘉睿忽然开口说："他以前也这么背过我的。"

林易知道这个"他"是指谁，闷闷地没有吭声。

林嘉睿也不在乎有没有人应话，接着说："那一年我们去乡下避暑，我贪玩，进了山里抓野兔，结果扭了脚又迷了路，还以为自己再也出不去了。"

　　"怎么可能？肯定会有人来找你的。"

　　"是，到了天快黑的时候，我听见有人漫山遍野地喊我的名字。那么多人来找我，我却唯独认出了他的声音。"

　　林嘉睿说完，低声笑了笑。

　　林易沉默不语。

　　"后来他找着了我，就像现在这样，背着我一路走一路走。那天晚上的月色可比今晚美多啦，我只盼那条山路越长越好，永远也走不到尽头。"

　　林嘉睿说出这句话时，语气里满是温柔笑意。

　　对，他还困在十年前的回忆中，并不知道后来发生了什么。

　　林易喉头发涩，一个字也说不出来，只在心里想道，他也希望这条路长长漫漫，他就能这样背着林嘉睿，一直一直走下去。

　　然而，林易毕竟是清醒的，清楚地知道某些事绝无可能。

　　这样痛苦地清醒着，反而不如林嘉睿那么糊涂着。

　　月影西斜。

　　时间很快就到了后半夜。

　　林易的体力比林嘉睿好得多，背了一个人在路上走，也并不觉得如何辛苦，倒是常常回头关心林嘉睿的情况："小睿，你要是觉得累了，就趴在我背上睡一会儿。放心，我会叫醒你的。"

　　"不用。"林嘉睿摇了摇头，下巴抵在林易的肩上，问，"要走多久才能到？"

林易望着前方沉沉的夜色，声音微哑地说："走到……我走不动为止。"

林嘉睿认真想了想，道："那还要走很久。"

"对。你要是无聊的话，要不要听我讲个故事？"

林嘉睿无可无不可地"嗯"了一声。

林易便一边往前走，一边用最俗套的那句话作开头："很久很久以前，有一个出生在富贵之家的人，从小锦衣玉食、娇生惯养，从没有遇上什么不顺心的事。"

"这个人运气真好。"

林易听得笑笑，说："但是到了他十八岁那年，忽然发生了一件惊天动地的大事——向来宠爱他的母亲，突然跳楼了。"

"啊，"林嘉睿觉得这个故事有些耳熟，但记忆又是模模糊糊的，怎么也想不起来，只好问，"为什么？"

"是啊，他当时也是这么问的，为什么要跳楼？为了知道答案，他悄悄调查了很久，最后的真相却让他不敢相信——原来他一直称作'爸爸'的人，并不是他的亲生父亲，而是他的杀父仇人！"

林嘉睿听到这里，自然而然地接了下去："他父亲是个商人，曾经跟一个朋友合伙做生意，没想到竟然被最信任的朋友欺骗了，不但公司破产，还欠下了一大笔债，并且因此去世了。"

"他母亲并不知道事情的来龙去脉，当时又刚刚生下孩子，走投无路之下，就嫁给了那个常常照顾她的朋友。没想到十多

144

年后，她竟偶然得知了这个秘密，她当时又悔又恨，一气之下便跳楼了。"

"那个人怎么办？"

"他……他的世界天翻地覆，曾经抚养他长大的那个人，突然成了一切仇恨的源头。"

虽是夏日，但夜风吹在身上，仍有那么一丝凉意。

林嘉睿不由自主地哆嗦一下，低声说："于是他就精心策划了一个复仇计划。"

林易的声音平淡极了，答道："没错。但是在那个他所痛恨的家里，偏偏有一个人是真心对他好的。他们从小一起长大，熟悉彼此就像熟悉自己的双手一样。他一方面觉得不舍，一方面却又清楚地知道，那个人跟他的仇人一样姓林，是他必须憎恨的存在。所以，他选择用最无情的方式，亲手伤害了对方。"

听到这里，林嘉睿沉默不语。

而林易也不再需要什么听众了，继续说道："他以为无所谓的，那个人不过是可有可无的东西，可以随意得到，也可以随意舍弃。为了报仇，他可以不择手段。这样的人还有什么办不到的？后来他果然成功了。报完仇之后，他远走他乡，在陌生的地方开始了陌生的生活。"

"可是不知道为什么，他心里总是记挂着那么一座城。"

林易走得有些累了，停下来歇了歇，将林嘉睿背得更稳一些，道："所以十年之后，他又找个借口回来了。"

"久别重逢后，他满心欢喜地以为可以从头来过，却不知道……失去的永远都失去了，他怀念的那些，早就已经消失不见。"

林易回过头来，直直地与林嘉睿对视，问："我就算用尽手段，也再找不回从前的林嘉睿了，是不是？"

林嘉睿像被什么尖锐之物刺了一下，心脏狠狠一抽，大叫道："放我下来！"

"小睿？当心，别乱动！"

林嘉睿不管不顾，就这么在林易背上挣扎起来。

林易走了这一路，力气早就消耗得差不多了，被他这么一折腾，身体很快失去平衡，往旁边栽倒下去。

即使如此，他仍不忘护着林嘉睿，双手紧紧把人托住了，拿自己当人肉垫子垫在下面。

路边有一个小小的斜坡，直通下面的花田，两人滚了好几圈才停下来，弄得满身泥泞，样子狼狈不堪。

林易浑然不觉，只是晃了晃怀中之人，连声问："小睿，你怎么样？有没有受伤？"

林嘉睿并不理他，缓缓坐起身来，抬眼看向远处。

原来这一夜已经悄然过去，此刻东方的天际微微泛白，正现出一丝灿烂的云霞。

那霞光映在林嘉睿身上，令他迷离的神情为之一变，眼睛里闪现一种异样的神采，他低声道："今天是 12 号了。"

他边说边摸了摸自己的手臂。

林易明白他的意思，急忙制住他的双手，喊道："别咬！"

146

然后他又把自己的胳膊塞过去，直接凑到林嘉睿的嘴边，说："要咬就咬这个吧。"

林嘉睿待着没动。

林易便开口劝道："小睿，来得及的，现在才刚刚天亮，这一天还没过完。我还走得动路，我们继续走下去。"

然而林嘉睿望着一点点亮起来的天空，缓慢又坚定地摇了摇头。

"小睿……"

"没用的，已经错过了。"

林嘉睿抓过林易的胳膊，果真张嘴咬了一口。

他咬得十分用力，简直用上了全部的力气，像要就此咬下一块肉来。

林易只觉胳膊上一阵剧痛，却见林嘉睿抬头冲他笑了笑。

那笑容极淡极淡，仿佛黑夜里最后的一丝光明，转瞬即逝了。

他说："叔叔，我早在十年前就错过你了。"

林易吃了一惊，不由得问道："小睿，你……你清醒了？"

"是啊，"林嘉睿的声音仍旧轻得很，像是还在梦中，但眼神却已是一片清明，他平平静静地说，"睡了这么久，也该醒过来了。"

说完之后，他像是用尽了全身力气，头往旁边一偏，竟倒在了林易怀里。

林易还没从刚才那句话回过神来，见他突然晕倒，更是大惊失色，也不知他是太累了，还是刚才摔下来时撞伤了。

“小睿？小睿！”

林易连叫了几声，见他双颊微微泛红，伸手一触，才发现他身上烫得厉害，显然是正发着高烧。

林易虽是一路背着他走的，但因为只顾着说话，竟没有察觉他的异样。

好在林易出门前把手机塞在了兜里，这时连忙翻出来打了个电话。

刀疤好梦正酣，接到电话时还迷糊着，嗯嗯唔唔了半天才问：“老大，什么事？”

林易没工夫跟他解释太多，简洁明了地道：“现在马上开车出来，上了大路往北走，快！”

“啊？老大……”

“别废话，赶紧过来！”

林易也不知道林嘉睿病得怎么样，吩咐完刀疤后就挂断了电话，将昏睡不醒的林嘉睿抱在怀里，踏着一片泥泞走上斜坡，重新回到了路边。

此时旭日东升，夏日的骄阳晒得厉害。

林易把自己身上的衣服脱下来，高举着遮一遮太阳。

之前他背着个人，走得不快，实际上并没有离家太远，但因为担心林嘉睿的病情，等待的时间便显得尤为漫长，当真是度日如年。

好不容易等到熟悉的车子渐渐驶近，林易二话不说，直接抱了林嘉睿上车，对刀疤道：“去医院。”

刀疤见了林嘉睿这个状况，还有什么不明白的？当下一踩油门，车子直冲出去。

郊区离最近的医院也有些距离，一路上林嘉睿呓语不断。

林易紧抓着他的手，稍稍凑近一些，就能听见他一遍遍地喊："叔叔，叔叔。"

林易简直不知道这一路是怎么熬过来的。

到了医院之后，当然是送的急诊。

结果一番检查下来，还真没什么大病，不过是睡眠不足加感冒发烧，打几天点滴就能痊愈了。

在林易的强烈要求下，医生还是给林嘉睿安排了病房。

刚办完住院手续，林嘉文跟徐远就赶了过来。

"怎么回事？"林易看他们一眼，问的却是开车带他们来的黄毛。

他确实让黄毛请徐医生过来，却没说要带上林嘉文这个大麻烦。

黄毛缩了缩脖子，支吾着说不出话。

还是徐远解围道："是我让林先生的哥哥一起过来的，有家人在旁边照顾，对林先生的病情可能有帮助。"

林易皱一下眉，还没来得及发作，林嘉文就抢先一步冲上来，看了看病床上的林嘉睿，问："小睿怎么会病成这样？他昨晚睡觉前还好好的，是不是你这混蛋又干了什么？"

林易冷着脸说："林少爷，这里是医院。你要是想被人扔出去的话，尽管继续大吵大闹。"

林嘉文这才收敛一些，压低声音问："小睿得了什么病？"

"普通的感冒而已，可能是昨晚吹了风的缘故。"

"你到底是怎么照顾人的？夏天也能感冒？而且他好好地待在房间里，是怎么吹到风的？"

林易没有答话，只是看了徐远一眼。

徐远心领神会，说："我们到外面去谈吧。"

林易给林嘉睿掖了掖被角，见他睡得正熟，才放心了一些，依依不舍地走出了病房。

走廊上人来人往，并不是谈话的好地方。

林易长话短说，开口道："小睿昨天半夜里醒过来，以为今天是 12 号，所以一直吵着要出门。"

徐远若有所思地点点头："看来我猜得没错，12 号对他来说果然很特别。"

"12 号……是我当初离开的日子。"

林嘉文一直在门口站着，听了这句话后，一个箭步冲上来扯住林易的衣领，怒道："果然又是因为你！"

"林易，你究竟要把小睿折磨成什么样子才开心？你不就是想报仇吗？林家欠你的一条命，我来赔行不行？"

"滚开。"林易轻轻拨开他那只手。

林嘉文被他这么一噎，憋得脸都红了："你……"

"已经是十年前的事了，我没想到小睿会这么在意。何况他自己还不是一样胡闹？拿终身大事当玩笑，随便跟那个三流小明星结婚了。"

林嘉文闻言一怔，十分惊讶地望着林易，喃喃自语道："怎么可能？你难道不知道小睿为什么要结婚？"

林嘉文的表情先是惊愕，接着转为疑惑，最后又变成了恍然大悟。

"原来如此！哈哈，没错，他当然不会告诉你真相，因为他根本就不相信你！哈，哈哈……"

他边说边大笑起来。

可能是笑得太厉害了，连路人也纷纷侧目。

林易实在听不懂他话中的意思，问："你笑什么？"

"放心，我不是在笑你。"林嘉文一手撑着墙，笑得气都喘不过来了，才断断续续地说，"我是……在笑我那个傻弟弟……唔，你说，这世上还有比他更傻的人吗？"

林易只觉胸口闷着一口气，追问道："你究竟在胡说什么？小睿为什么要结婚？"

"爷爷去世之前就立好了遗嘱，我们兄妹四人都继承到了遗产，但是只有小睿的那一份，是有附加条件的。只有满足这个条件，他才能动名下的股份。"

林易脸色一变，隐约猜到那条件是什么了。

林嘉文还在笑着，不知是笑林易太无情，还是笑林嘉睿太执着。

直等笑够了，他才慢慢吐字道："没错，小睿想把自己的股份转给你，就必须——先结婚。"

林易虽然已经猜到了一些，但听林嘉文说出真相后，还是呆立了片刻。

过了好久他才回过神来，竭力控制住自己的情绪，轻轻"嗯"了一声，说："原来如此。"

然后，他也不再跟林嘉文说话，转身走回了病房。

林嘉文当然不肯放过他，跟在后面叫嚣着要跟他打一架。

林易连头也不回一下，只对守在门口的刀疤说："让他闭嘴。"

说完他就把病房的门关上了，也不管刀疤是用什么手段让林嘉文闭上嘴的。

病房里，林嘉睿正安静地躺在床上，左手打着点滴，面孔苍白如纸，即使在睡梦之中，眉头也紧紧皱着。

林易一步步走过去，在床边坐了下来。

他想起自己提到要卖掉林氏的计划时，林嘉睿微笑着说，一切都会如他所愿。

他想起林嘉睿把股份转让书扔给自己时，脸上冷漠又决绝的表情。

他想起自己逼林嘉睿签离婚协议时，林嘉睿坚持不肯签字。

……

原来如此。

原来，这个才是原因。

林嘉睿所做的一切，只是为了让他如愿。

既然如此，为什么一个字也没有跟他提起？

林易只稍微想了想，就知道了答案。

因为林嘉睿并不信他。

与其等着他来选择，那人情愿自己做个了断。

林易想到这里，终于明白林嘉文为什么要笑了。

连他也忍不住笑起来。

他一边笑，一边声音嘶哑地叫道："小睿……"

林易就这样在床边坐了一整天。

林嘉睿本来就病得不重，挂完两瓶点滴后，烧渐渐退了下去，到晚上就醒过来了。

林易虽然一夜未睡，但是一点也不觉得困倦，直到看见林嘉睿睁开眼睛，才算松了口气，抓着他的手说："小睿，你总算醒了。"

"嗯……"

林嘉睿眯了眯眼睛，有些茫然地环顾四周。

林易便解释道："这里是医院。还记得吗？你昨晚在外面吹了点风，天刚亮就病倒了。"

林嘉睿逐渐回想起来，点了点头，嘴里说的却是另一件事："我记得，今天是 7 月 8 号，不是 12 号。"

林易知道他这是真正清醒了，心里不禁一跳，道："我这就叫医生过来看看。"

"不用了，小病而已，我现在觉得好多了。"

"徐医生也在这里。"

林嘉睿明白他的意思，却还是摇了摇头，道："叔叔，你陪我说几句话吧。"

林易一听就静了下来，起身给林嘉睿倒一杯水，喂他喝了几口后，伸手拢了拢他颊边的黑发，道："你说，我听着。"

他们总是不断地折磨彼此，确实很久没有好好说过话了，林嘉睿一时找不到开场白，想了一会儿才说："怎么不见你抽烟？"

"这里是医院，我怕被医生赶出去。"

这句话本身没什么好笑的，但因为说话的人是天不怕地不怕的林易，所以林嘉睿很给面子地笑了笑。

然后他问："叔叔，还记不记得你跟我打过一个赌？"

林易当然记得。

正是因为记得，所以他脸上的表情顿时一僵："小睿，那个赌约……"

"是我赢了。"林嘉睿眼神坚定，直直地望向他，道，"现在，是你履行约定的时候了。"

林嘉睿这样冷静又冷漠的神情，与那一天何其相似？

林易一见他这个样子，就猜到他要说什么了。

果然，林嘉睿接着说道："你说过要答应我一件事的。我的要求很简单，你跟林家的恩怨从此一笔勾销，我们两个各走各路，从此……"

"再不相干。"

"绝不可能！"

最后几个字，两人几乎是同一时间说出口的。

随后病房里就安静下来。

两人沉默地对视一阵后，还是林嘉睿先开口道："叔叔打算毁约的话，我也拿你没办法。"

林易劣迹斑斑，再卑鄙无耻的事也干过了，这么一点小事确实不算什么。

但他这回却没有霸道地承认自己要毁约，反而盯着林嘉睿看了看，突然道："等我回来。"

说完他也不多解释，把刀疤叫进来交代了几句后，就转身离开了病房。

林嘉睿自认是最了解林易的人，这时却也猜不透这人想干什么。

难道是要绑了林嘉文来威胁他？

他越想越是心惊，本来就刚醒过来，这下更是睡意全无了，只能坐在床上等着。

刀疤倒是机灵得很，不知从哪里弄来了一顿热腾腾的饭菜。

林嘉睿不好拒绝，一边吃东西一边胡思乱想，等到林家众人都在他的想象中遭过一遍殃后，才见林易从门外走了进来。

林易气喘得甚急，额上还挂着汗珠，连身上的衬衫都微微浸湿了，显然是一路赶回来的。

他进门后也不说话，就这么走到床边站定了，扬了扬手里的一份文件。

林嘉睿觉得有些眼熟，仔细看了看，才发现正是当初他给林易的股份转让书。

他见了这个，更是一头雾水："你到底想干什么？"

林易勾了勾嘴角，从怀里摸出打火机。

只听"噌"的一声，炽热的火苗一下蹿了出来。

林嘉睿呼吸一顿，清楚看见林易挪动手腕，将打火机移到那份文件下面，任凭淡蓝色的火焰吞噬薄薄的纸片。

火苗越烧越高。

转让书上林嘉睿龙飞凤舞的签名，就这么一寸寸地化为灰烬了。

林易眼中倒映着明灭不定的火光，目光像那烈焰一般，直要将人燃烧殆尽。

他望着林嘉睿，说："这场赌约……赢的人是我。"

第七章　患者

这一次，只要林嘉睿能平安无事，

他情愿从此消失，永远不再跟他相见。

林嘉睿只觉得身心俱疲。

他跟林易好像永远也不在一个频道上。

他为了林易死去活来的时候，林易对他不屑一顾；他终于决定抽身离开时，林易又不肯放他走了。

按林易独断专行的性格，跟他讨论输赢是绝对没有结果的，所以林嘉睿避重就轻地绕开了这个话题，道："等我出院之后，你就放徐医生回去吧，别再耽误人家的时间了。"

"可是你的病……"

"我知道自己的病情，我会按时吃药，也会定期接受治疗的。"

此时他说话有条不紊，跟前几天的情形比起来，实在是大相径庭。

林易知道他的病不可能立刻痊愈，但肯定是有所好转了，沉吟一下后，点头道："好，只要你肯好好治病，我还有什么不顺着你的？"

林嘉睿听后也不反驳，只微微笑了笑。

这时火光由明转暗，那份转让书已经烧得差不多了。

林易胆子再大，也不敢在医院里搞出火灾来，忙把满地的灰烬扫了扫，扔进洗手间处理掉了。

等他整理好一切出来时，病床上的林嘉睿已经睡着了。

林易怔了怔，知道林嘉睿睡眠不好，当然不敢出声打扰，只轻轻地走过去坐在床边，用目光细细描摹一遍这人熟睡中的容颜。

他将额头抵在床板上，低声说："小睿，是我赢了。所以，别离开了。"

林嘉睿的眼皮颤了颤，到底没有睁开眼睛来。

林易连着两夜没有睡过，这晚总算靠在床边睡了一觉。

第二天林嘉睿精神大好，又挂完两瓶点滴后，基本上没再发烧了。

徐远到这时才算有了用武之地，关起门来跟林嘉睿长谈了两个小时。

然而，等他从病房里出来时，却是一脸深思的表情，神色比之前凝重许多。

林易早把啰唆的林嘉文打发给刀疤了，自己迎上去问："怎么样？小睿的病是不是有所好转了？"

"唔，目前还不能确定，可能只是暂时清醒了而已。不过，他这次确实很积极地配合治疗，如果这个状态能持续下去的话，对他的恢复是很有好处的。"

徐远想了想，特意看了林易一眼，道："而且……"

"而且什么？"

"没什么，"徐远推一下眼镜，道，"还是等林先生自己跟你说吧。"

林易点点头，急着进房间去陪林嘉睿，也就没有追问下去了。

他这一整天都跟林嘉睿待在一起,中饭、晚饭也是一起吃的,但林嘉睿始终态度如常,并没有提起什么特别的事。

期间主治医生也过来了一趟,确定林嘉睿的身体已无大碍,再观察两天就能出院了。

但是还没等到出院那一天,林嘉睿就失踪了。

第一个发现的人是林易。

他这几天一直守在病床边,累了就闭上眼睛靠一靠,这天早上醒来不见林嘉睿,心里便是"咯噔"一下。

病房总共那么一点大,旁边的沙发上睡着死活不走的林嘉文,林易找了一圈没找到人,就知道事情不妙了。

由于是在医院里,林易没叫刀疤等人守着,只在外面留了一个小弟,现在把人叫进来一问,却是支支吾吾地答不上话,连有没有看见林嘉睿离开都说不清楚。

"房间里的窗户一直关着,他肯定是从门口走的,还不赶紧去找!"

"是,老大。"

刀疤跟黄毛正买了早餐送过来,见了这个阵仗,也立马加入了找人的行列。

林嘉文更是激动得要命,一边骂人一边往外头冲,冲到一半遇上了过来探病的徐远,就像遇到了救命稻草似的,抓着他问:"徐医生,你说小睿会不会又想不开?"

徐远怔了怔,了解过情况后,连忙安抚住了他,温言道:"我前天才跟林先生聊过,他情绪还算稳定,应该没有伤害自己的倾向。"

160

"他这病反反复复的，谁知道什么时候会发作？当年，他听说林易离开的消息时，也是一副无所谓的样子，结果转头就……"

"现在说这些也没用了，还是先想想林先生可能去什么地方吧。他目前这个状态，也不适合到处乱跑。"

林易之前一直在打电话调动人手，这时已打完了电话，走过来道："林宅、别墅、公司、他以前的学校……能想到的地方我都已经派人过去找了，你们再想想还有什么遗漏的吗？"

林嘉文就算有再大的火气，也只好强压下来，思索着道："小睿先前搬出林家，是跟你住在一起的吧？你们当时住的地方……"

"我立刻过去。"

林易连一秒钟也不耽搁，马上从兜里摸出车钥匙，大步朝停车场走去。

林嘉文和徐远对视一眼，谁也不想留下来等消息，因此也跟着上了林易的车。

林易飙起车来速度惊人，就跟他这个人的性格一样，在车来车往的市区里也敢横冲直撞。

徐远还是头一次坐他的车，被他不要命的劲头吓得不轻，不停劝阻道："不用开这么快，我想林先生并没有轻生的念头，他会突然失踪……仅仅是为了离开而已。"

林易心中一动，转头看向徐远，问："他那天是不是跟你说了什么？他是要离开这个地方，还是，离开我？"

徐远沉默不语。

他见林易的手紧紧抓在方向盘上，手背上青筋暴起，显然在竭力克制着情绪，不由得叹了口气，道："我是从来不做这方面的咨询的，不过免费给你个友情提醒吧——你的眼中只有自己，离开的时候走得潇洒，回来的时候又来得突然，有没有考虑过林先生的心情呢？"

恰好车开到了转弯处，一辆汽车迎面而来。

林易猛地一踩刹车，车子又往前冲出数米，然后才惊险万分地停住了，发出尖锐而刺耳的巨大声响。

徐远跟林嘉文齐齐吓出一身冷汗。

林易却是浑然不觉，只缓缓俯下身来，趴在方向盘上靠了一会儿。

但这样的失态也是短暂的。

林易很快就调整过来，咬牙坐直身体，重新发动车子。

徐远发现林易的嘴唇微微哆嗦着，脸色白得吓人。

但他可不敢再出声说些什么了，免得还没找到林嘉睿，他们这边就先发生车毁人亡的惨剧。

林嘉文显然也跟他想法一致，一路上都没有开口骂人。

市区里路况不好，堵车堵得厉害，不过凭着林易那种不要命的开车方式，倒是很快就到了目的地。

市中心的这间公寓是他当初跟林嘉睿同住时买的，林嘉睿搬走后，他就再没有回来过。

如今隔了好几个月，房间里都落下灰尘了。

三人急匆匆地赶过来，结果当然是失望了，房子面积不大，有没有人扫一眼就知道了，林嘉睿明显不在这里。

林嘉文想了想，又出主意道："小睿之前不是跟一个明星关系很好吗，要不要问问他？"

林易知道他指的是顾言，虽然不太乐意，但还是给刀疤打了个电话，叫他打听一下顾言的行程。

没多久，他派出去的人就陆续传回消息，说是没发现林嘉睿的踪迹。

林易沉着一张脸，没有多说废话，只不断重复三个字："继续找。"

他挂断电话后，又把车钥匙拿在手里，打算换个地方找人。

经过林嘉睿从前的那间卧室时，他的脚步突然顿了顿，目光被挂在墙上的一幅画吸引。

那是一幅普普通通的风景画，画的是海天一色的壮阔景象，林嘉睿只是在美术馆里多看了几眼，林易当天就买下来送他了。

直到后来林易才知道，这片海是林嘉睿的梦中之地。

他当真寻到了这么一个地方，并且……一步步走进了冰凉的海水中。

想到这里，林易眼皮跳了跳，恍然道："我知道小睿会去哪里了。"

徐远顺着他的目光望过来，问："海边？是画里的这片海吗？"

·

163

林嘉文也道："我知道这是什么地方，不过离这里远得很，开车过去的话要好几天。"

"不，小睿不会跑这么远，他去的应该是另一片海边。"林易闭一下眼睛，脑海中已勾勒出了那幅画面，"一个能看见日出的地方。"

另外两个人听得一头雾水。

林易也不解释，转头就走出了公寓。

他怕林嘉睿出事，连等电梯的时间也不肯浪费，直接从楼梯上跑了下去。

整整十层楼。

他一层一层地冲下去，只怕赶不上林嘉睿。

海。

又是海。

林嘉睿去了那个地方，会不会重蹈覆辙？

林易觉得额角一下下抽痛起来，抬起手来按了按，脚步却变得更快。

他知道林嘉睿要的是什么，他只是不肯放开手而已。

但是这一次……这一次，只要林嘉睿能平安无事，他情愿从此消失，永远不再跟他相见。

林嘉睿是昨天半夜走的。

他晚上睡得太早，醒来时正是夜深人静的时候。

窗外透进一点路灯的光，依稀可见林嘉文蜷在沙发上呼呼大睡，林易则是趴在床头睡着了。

林易这几天一直守在病房里，几乎没睡过一个囫囵觉，眼底下阴影甚重，下巴上也冒出了青青的胡茬。

林嘉睿静静望了他一阵，心底蓦地泛起难言的情绪。

有时候并非别人心狠手辣，而是他自己入戏太深。

林嘉睿慢慢攥紧手心，掀开被子下了床，再找出一身干净衣服换上了。

他动作又轻又快，竟然连一个人也没惊动，悄无声息地走出了病房。

门口的那个小弟正靠着墙壁打瞌睡，自然也没有发现他。

林嘉睿顺顺利利地出了医院，摸了摸身上的衣袋，竟然还有一些零钱。

他便在医院门口打了辆车，上车后直接报出一个地址。

司机听后愣了愣，回头打量他几眼，问："先生，大半夜的，你跑去这么偏僻的地方干什么？"

林嘉睿仍有些疲倦，头轻轻靠在车窗上，道："现在过去，正好赶得上日出。"

他去的正是当初拍日出的那个海边。

即使是这个季节，岸边也仍旧是荒凉一片，除了海浪起伏的声响，其他什么也听不见，当然更不会有人跑来吹风玩浪漫了。

出租车司机收了钱后，赶紧掉头离开了，只剩下林嘉睿一个人留在那里，挑了块石头坐下来，安静地听浪花拍岸的声音。

他时间算得很准，没有等太久，天边的云层便裂开一条缝隙，

165

一点点染上金黄的光晕。

水天相连的地方云卷云舒，片片云霞变成彤红的颜色，然后就有耀目的光点出现在眼前，先是很慢很慢地变大、变亮，到了最后关头，陡然跃出海面，整个旭日腾空而起，折射出万丈光芒。

大自然的美景无论何时都能打动人心。

林嘉睿不管看过多少遍，也依然觉得震撼不已。

他想起那一天，林易坐在他的身边，就是在这个美到极致的时刻，低声说出了那句话。

"小睿，我是真心将你视作家人的……"

熟悉的嗓音在耳边回响时，林嘉睿的心还是痛得缩了起来。

但他这次没有逃避，强忍着这样的疼痛，抬头看向海面，仿佛看着那一天的林易。

他微笑着回应道："叔叔，我也是。"

"不过，"他推开想象中的林易的手，接着又说，"只到这一刻为止。"

太阳一点点升起来，金色光芒普照大地，晒得人身上暖洋洋的。

林嘉睿也不知自己在海边坐了多久，直坐到双腿都发麻了，才站起来活动一下手脚。

接着他脱了身上的外套，只穿一件 T 恤朝海里走去。

他原本是会游泳的，有过那次溺水经历后，却再不敢靠近水边了。

他深深恐惧着，怕自己抗拒不了死亡的诱惑。

他从前走入海中，是为了那个并不在乎他的人。

现在重新走入海中，却是为了自己……为了克服那种恐惧。

一个人要先爱自己，然后才能重新开始吧？

冰凉的海水一点点涌上来，先是没过脚踝，随后漫过膝盖，最后淹上了胸口。

林嘉睿浑身发抖，回忆一幕幕在眼前闪现。

第一次，林易教他抽烟，他被烟味呛得满脸通红。

第一次，林易背着他回家，他在林易背上睡着了。

第一次，他说要在海边的悬崖上建一幢房子，邀林易来同住……

他动了动僵硬的四肢，奋力向前方游去。

又咸又涩的海水灌进嘴里，林嘉睿被呛得咳嗽起来。

他记得的，这是眼泪的滋味。

恍惚间，他似乎听见林易在远处叫他的名字。

他的体力已经消耗了大半，他知道自己该游回岸边了。

他这一次并不是来送死的。

他要牢牢控制住理智，即使林易就在水底，也绝不再沉沦下去。

他这一次寻求的，是新生。

林嘉睿下定了决心，便在水里扑腾一下，挣扎着游回岸边。

他了解自己的能力，本来就没有太过冒险，但是离岸边越近，林易的声音就越是清晰。

他甚至看见那熟悉的身影跳进水中，不顾一切地朝他游过来，在海里激起片片水花。

林嘉睿又有些糊涂了。

他摸了摸自己的右臂，不确定现在是梦是醒。

直到林易一把将他托住了，胸口处传来坚定有力的心跳声，他才明白过来：啊，这个应当是现实的世界。

林易一边喊着他的名字，一边半拖半拽地把他拉到岸边，嘴里不断地说："小睿，小睿，你没事就好。"

两个人的衣服都湿透了，湿漉漉的往下滴着水。

林易却紧紧攥住了他，怎么也不肯松开手。

林嘉睿回头望一眼平静的海面，心中清楚地知道，他已经将最美好的回忆……埋在了深深的海底。

林易却误解了他的意思，以为他仍有某个可怕的念头，连忙抬手捂住他的眼睛，高声道："别看！"

"小睿，别看。以后离海边远远的，再也不许靠近。"

林嘉睿眼前一暗，只听见林易的声音在耳边响起："无论你要的是什么，是恩怨两清，还是再不相见，我……全部答应你。"

不知是不是海水太冷的缘故，林嘉睿感觉覆在他眼睛上的那只手轻轻颤抖着。

他抬了抬下巴，提了一个十分简单的要求："叔叔，再背着我走一段路吧。"

林易怔了怔，慢慢移开自己的手。

与林嘉睿对视片刻后，他转身蹲了下去。

　　林嘉睿闭着眼睛，趴上那人宽厚结实的背脊。

　　林易用两手托着他的膝弯，稳稳地站起身来，迈开步子往前走。

　　他们之间的隔阂由来已久，这一刻却突然心意相通，两人心里都知道，这是最后一次如此亲近了。

　　所以林易走得特别特别慢。

　　林嘉睿在他背上一颠一颠的，简直要就此睡过去了，嘴里含糊地说："这次换我来讲个故事吧。"

　　林易"嗯"了一声，安安静静地听他说。

　　"很久很久以前，有这么一个人，他有一个两小无猜的同伴。他们只相差四岁，从小一起长大，了解彼此的喜好、缺点、习惯，再没有人像他们那样亲密无间。他以为那样的日子会一直持续下去，直到两人都白了头发，各自成家，也绝对不会产生什么罅隙。可是……"

　　"可是他没有想到，另一个人的心中，竟然隐藏着深深的仇恨。"

　　"对，那仇恨就像惊涛骇浪，一下子把所有人都吞噬了。他遭遇这一生中最惨烈的背叛，从此一蹶不振，甚至试图放弃自己的生命。"

　　"小睿！"

　　"不知道是幸运还是不幸，他最后活了下来。不过整整十年，他都活在过去的梦境中，他一边觉得愧对家人，一边却还是控制不住地依旧把那个人视作家人。"

"而那个人在销声匿迹十年之后，竟然再次出现了。"

林嘉睿说到这里，很轻很轻地笑了一下："他很害怕，不知道那个人是真的在乎他，还是因为恨意难消，打算再来折磨他一番。"

"不是的，那个人是……"

"大概是真心想要和解吧？但是一辈子这么长，会不会有一天，忽然又发生可怕的变故？他不停地想着，陷在这样的恐惧中无法自拔。"

林易的身体晃了晃，一句话也说不出来。

林嘉睿靠在他的肩膀上，道："一个放不下刻骨的仇恨，一个忘不了过去的伤害，这两个人要怎么握手言和？叔叔，你说该给这个故事安排一个什么样的结局？"

他问完之后，又小声地自言自语："好故事怎么能没有结局呢？我为这个问题烦恼了好久，刚才在海里，尝到又咸又涩的海水的味道时，我突然知道该怎么办了。"

林易也知道结局该是什么，但他不愿意再听下去。

他脚步一颤，差点摔倒在地上，好不容易才稳住了，低声道："小睿，别再说了。"

他嗓音哑得不成样子，语气是从来没有过的低沉。

但是林嘉睿摇了摇头，表情执着而认真，像当初向林易倾吐心里话时那样说："其实简单得很，只要……只要……"

林嘉睿的头发也湿了，到这时候还滴着水。

　　林易感觉有温热的液体一滴一滴地落在他的脖子上，再顺着胸膛淌下去，一直流进他心窝里。

　　时间仿佛被放慢了，四周寂静无声，他听见林嘉睿缓缓吐出几个字："……不再见你。"

第八章 初雪

◇

忘记已失去的，抓住能抓住的，就这么往前走吧。

◇

"……经过以上种种波折之后，我今天总算把离婚手续办妥了。"

"恭喜你恢复单身。"

"确实应该恭喜。"林嘉睿调整了一下姿势，在沙发上躺得更舒服一点，感慨道，"为了结这个婚，不知道折腾出多少事情来，结果还是白忙一场。"

徐远近来跟他无话不谈，因此说话也就更为随意一些，道："就是要这么折腾过了，才更懂得珍惜当下的生活。"

林嘉睿听后，轻声笑了笑，没有发表任何意见。

徐远察言观色，趁势问道："一直没有那个人的消息吗？"

林嘉睿知道"那个人"指的是谁，脸上神情丝毫不变，坦然道："没有。"

他眼睛望着窗外，不知道是不是沉浸在某段回忆中，道："已经是过去的人了，没必要特意去打听。"

林易遵守约定，自从那天送他回医院之后，就彻底消失不见了，正像十年前那样，走得潇潇洒洒，什么人也没告诉。

股份转让书早被林易烧了，并购案当然也没成功，林氏集团依然屹立不倒。

林嘉睿靠着林家的财力物力，继续拍他喜爱的文艺电影。

出院后，林嘉睿搬回了林家。

他三哥当然是极为欢迎的，二姐骂归骂，但是也没反对，只有大哥依然跑得不见人影。

比较麻烦的是他跟白薇薇的婚事，股份没有转让，这婚当然也就白结了，却又不是想离就能离的。

他们两个都是在娱乐圈里混的，一点风吹草动都可能引来关注，更何况是结婚、离婚这样的大事。

偏偏那段时间，白薇薇之前的恋人又被媒体曝光了，原来并非人人猜测的那个纨绔子弟，而是另一位更有权势的人物。

这桩绯闻一度成为新闻热点，掀起了不小的波澜，连林嘉睿也差点被卷入风暴中心。

林嘉睿为这件事浪费了不少时间，深悔自己当初的冲动决定，所以一恢复自由身，就跑来徐远这里倾诉了。

这半年来，他积极配合治疗，什么琐事都可以拿来跟徐远畅谈，并不局限于各种梦境，但徐远最关心的仍是这一点，每次都要问："最近有没有做噩梦？"

林嘉睿并不隐瞒："有。"

"有时候是梦见海，有时候是梦见那个人。半夜里醒来时，还是会觉得害怕，不过我清楚地知道，这些仅仅是梦。"

他说这番话时，语气十分平静。

半年的时间，足够放下太多东西了。

"药量开始减少了？"

"嗯，现在不吃药也睡得着了。"

"能让我看看你的右手吗？"

林嘉睿明白他的意思，从沙发上坐起身，卷高袖子，展示自己的右臂。

白皙的胳膊上留着淡淡痕迹，但全部是旧伤，并没有新添的伤口。

徐远点点头，手中的笔动得飞快，迅速写下一些文字。

片刻后，徐远对林嘉睿说："林先生，你的病情已经得到控制，以后用不着每隔半个月就来我这里了。"

林嘉睿笑笑："我喜欢花钱找你聊天，不可以吗？"

徐远觉得这话极为耳熟。

以前是花钱找他说梦，现在花钱找他聊天，真不愧是有钱人。

但他还真没办法反驳，只好无奈地道："随你高兴。"

林嘉睿抬腕看一看手表，站起来道："时间差不多了，我先走一步，下次再聊。"

徐远见时间还早，立刻猜到了他后面的行程，问："又是相亲？"

"嗯，这次的对象是我二姐介绍的，据说是大学讲师，学识渊博，相貌端庄。祝我好运吧。"

徐远朝他竖了竖拇指。

林嘉睿不由得笑起来，迈步走了出去。

他依然没考驾照，平常又没有司机接送，来来去去都是靠两条腿走路。

现在正是初冬季节，街上西风瑟瑟，来往的行人都裹紧了身上的大衣，别有一种萧索的气氛。

林嘉睿慢悠悠地往前走着，看形形色色的人从身边走过。

他有时候也会想，会不会某一天，在这样的人潮中与林易相遇？

然后他们擦肩而过，像街上所有的陌生人一样，继续走各自的路。

可能……

可能在目光相遇的那一瞬，就算时光再怎么无情，也会有片刻的停顿吧？

"嗡……"

手机的振动铃声打断了林嘉睿的幻想。

他接起来一听，原来是二姐打来的："今天晚上的饭局你还记得吧？君悦餐厅，千万不要迟到了！"

"当然，我正走在路上呢。"

"这次的对象真的超级优秀，要长相有长相，要头脑有头脑，你可一定要好好把握。"

"三哥前几天也是这么说的。"

"哼，他介绍的女人一个个胸大屁股大，除了身材和脸蛋，简直一无是处，真不知道是什么品位。小睿啊，外表不是最重要的，要透过现象看本质，懂吗？"

"是是是。"

林嘉睿从善如流地应着，心里却暗暗叹气。

自从他搬回林家之后，他这两个哥哥姐姐就开始张罗着给他找对象了。

虽然目标是一致的，但两人的品位差异巨大，二姐看中内涵，三哥看中外表，他们这对亲姐弟为此大吵起来，差点把房子给拆了。

林嘉睿为了保住林家祖宅，只好采取折中的办法，不论谁介绍的都照单全收，统统去见个面再说。

他原本不是任人摆布的性格，但经历了这么多之后，他比从前更加重视家人，并愿意为此做出让步。

这世上爱他的人已经太少，当然更应该好好珍惜。

林嘉睿挂断电话后，不再胡思乱想，加快脚步朝约定的餐厅走去。

那个地方，有一场新的经历在等着他。

忘记已失去的，抓住能抓住的，就这么往前走吧。

君悦是顾言开的餐厅。

林嘉睿熟门熟路，进去后先跟领班打了个招呼。

对方是知道他和顾言的关系的，一见他就笑嘻嘻地说："老板今天没来。"

"没事，我是过来吃饭的。"林嘉睿摆了摆手，道，"记得结账时给我打折就行。"

"这是当然的。"

说笑了几句，林嘉睿上了二楼，找到了事先约定好的包厢，推门进去一看，相亲对象已经坐在里面了。

他二姐倒没有夸张，这次的对象确实容貌端正，看上去斯斯文文的，浑身透着股书卷味儿。

　　林嘉睿大步走过去坐下了，微笑着做了自我介绍。

　　他虽然为家人做出了让步，却没有打算伪装自己的本性，照旧该怎么说话就怎么说话，该怎么吃喝就怎么吃喝。

　　可惜，对面的老师并不欣赏他的直率，话说得很少，菜吃得更少，还时不时皱起好看的眉头，一脸不赞同的表情。

　　林嘉睿一看这个气氛，就知道这次肯定又没戏了。

　　不过他也没放在心上，舒舒服服地吃了一顿晚饭。

　　结账时，两个人都抢着付钱，最后干脆平摊了，还是顾言亲自给打的折。

　　林嘉睿既然见到了顾言，自然就留下来跟他聊了几句。

　　顾言看着那位老师离去的背影，朝林嘉睿眨了眨眼睛，道："前天跟你吃饭的是一位身材火辣的大美女吧？这么快就换人了？口味变得真快。"

　　"应该说我二姐跟三哥的喜好真是南辕北辙。"而且这两人还一个比一个更热衷于当月老，急着把他推销出去。

　　"今天这个看起来条件不错，有希望吗？"

　　"性格不合。"

　　顾言颇有深意地望他一眼，道："也可能是你对另一半的要求太高，无论看谁都觉得不顺眼。"

　　"错了，"林嘉睿并不回避，大大方方地说，"我找恋人只有一个条件，就是绝对不能……"

　　话没说完，餐厅里又进来一批新客人，顾言忙着招呼，林嘉睿便挥手跟他道别了。

林嘉睿仍是一个人晃晃悠悠地走回去，冬天的风吹得脸颊生疼。

回家换过衣服，他才发现自己的手机不见了。

他仔细回想一下，记起吃饭前才跟二姐通过电话，所以手机应该是落在了顾言的餐厅里。

反正都是熟人，他也不怕弄丢了，洗完澡就上床睡觉了。

他夜里仍会做梦。

梦里总少不了那么一个人。

但是醒来时，他会轻声跟自己说，仅仅是梦而已。

到了第二天，顾言果然找上门来，把他昨天落下的手机交还给他。

林嘉睿忙倒了杯茶当作谢礼。

顾言捧着茶杯，小声嘀咕了一句"小气"。

接着他又想起一件事情，道："对了，昨天晚上你手机响了，我还当是你自己打过来的，就替你接了。"

林嘉睿查看一下来电显示，见是个陌生号码，就问："谁打来的？"

"不知道。"

"嗯？"

"我接通后刚应了一声，对方就挂断了，也不知道是不是

179

骚扰电话。"

林嘉睿心里一跳，认真看了看那个陌生的号码，道："大概是吧，偶尔是会接到这种电话，一句话不说就挂断了。"

"次数很多吗？该不会是什么变态跟踪狂吧？你自己小心点。"

林嘉睿沉默了一会儿，说："真的只是偶尔。"

然后他操作手机，把那个号码给删了。

顾言也没在意这个小插曲，接着又跟他聊了聊拍电影的事。

林嘉睿手上有个不错的剧本，因为他的私事耽搁了大半年了，近期正在筹备中。

可惜这次的电影里没有适合顾言的角色，林嘉睿也绝不会为了人情硬塞个人物进去——他早就考虑过了，这次打算用几个新人，过几天他还要去邻市选角。

相亲的事果然如林嘉睿所料，又是以失败收场了。

不过没关系，他家的两个"月老"还在继续努力。

日子平平淡淡地过着，转眼到了去邻市的日子。

这一天天气不好，整个天空阴沉沉的，比之前寒冷许多。

林嘉文一早就起来了，硬是往林嘉睿的箱子里塞了件厚衣服，等到了目的地才发现，这衣服还真没塞错。

邻市寒风凛冽，像是随时会落下雪来，连路上的行人都特别少。

林嘉睿他们并不急着开工，先去了订好的酒店落脚。

当天晚上，又有一个陌生号码打到了林嘉睿的手机上。

他刚洗完澡，拿着嗡嗡振动的手机出了一会儿神。

手机锲而不舍地响着，仿佛他要是不接，就绝没有停下来的意思。

他慢慢走到床边坐下了，终于还是按了接听键。

"喂，哪位？"

电话那头无人应声。

林嘉睿早已料到了这样的沉默。

或者说，他知道打电话来的人是谁。

当然不是骚扰电话——从那个时候到现在，对方才打来三次而已，平均两个月一次，绝对算不上频繁。

跟他想起从前的次数比起来，实在是太不频繁了。

林嘉睿握着手机的手有些发烫。

他全身的神经都集中在了听力上，明明什么声音都没有，但又似乎听见了某个人的呼吸声。

他不知道时间过去了多久，可能是五分钟，也可能只是五秒钟，然后他听到自己说："打错电话了吗？那我先挂了。"

说完他按了结束通话，顺便把这个号码也删了。

从头到尾，那个人连一句话都没有说。

夜深人静时打来电话，只是为了听他说一声"喂"吗？

林嘉睿把手机扔到一边，顺势躺在了床上。

月光透过窗子照进来，银色光辉洒了满床，真是温柔得过分。

他闭了闭眼睛，心想，这样也好。

事业比任何事情都要重要。

林嘉睿对此深信不疑，所以不管他晚上怎么辗转反侧，白天总会全神贯注地投入到工作中。

电影选角一事又极为重要，他当然更是心无旁骛。

可惜这次来面试的新人质素不高，并没有特别亮眼的，他挑了几天也没什么收获。

林嘉睿虽然很有耐心，跟他一起来的几个同伴却情绪不高，他为了鼓舞士气，晚上请大家吃了一顿火锅。

火锅里的辣椒放得足，红彤彤的汤底翻滚沸腾着，辣得人直掉眼泪。再加上几片羊肉一涮，几瓶啤酒一开，气氛立刻变得热络起来。

几个人纷纷向林嘉睿敬酒。

林嘉睿酒量一般，这时却并不推拒，一口一杯，全数干了。

带了些醉意后，大家说话聊天也就更为轻松，天南地北什么都聊。

不过请客的人是林嘉睿，所以话题主要还是绕着他打转。

"林导，万一这次找不到合适的新人怎么办？"

"喂喂喂，说什么丧气话？只要不耽误电影开机，多花点时间算什么？"

"其实也不必局限于新人吧？"

"那不一样，林导要拍的是初恋情怀，新人的气质更合适。"

"对了，林导以前不是信奉'爱情无用论'吗？这次怎么突然决定拍爱情片了？"

"一定有内情！"

"快说快说，是不是交女朋友了？"

他们一人一句，各种问题接踵而来，有些还颇为尖锐，闹得林嘉睿应接不暇，真不知怎么回答才好。

恰在此时，一直埋头苦吃的小助理看了看窗外，突然伸手一指，道："下雪了。"

众人齐刷刷转头去看，果然看见窗外白雪翩飞，在霓虹灯光的照耀下，纷纷扬扬地洒落下来。虽然下得并不算大，地上也尚无积雪，但毕竟是今年冬天的第一场雪。

喝了酒的人特别容易兴奋，一见这景象，立刻有人嚷嚷道："快快快，快去外面拍照。"

其他人也都拿出手机来，打算拍了照发微博。

林嘉睿扫一眼桌上的残局，看看吃得也差不多了，便道："你们先去吧，我来结账。"

这一顿早说好了是他买单，因此大家也不客气，互相拉扯着走出了餐厅。

林嘉睿留下来把账结了，站起身准备离开时，却见一道熟悉的身影从门口走出去。

林嘉睿的心怦怦直跳，一下乱了节拍。

他今晚喝的酒也不少，到这时才觉得酒劲上来了，走路脚下发飘，从眼睛里望出去，每样东西都像罩上了一层柔和的光。

一定是看错了。

他想，喝醉了的人都这样，往往把一个人误认成另一个人。

只不过是相似的身形、相似的外套、相似的走路方式而已，你不清醒的时候，自然看什么人都容易弄混。

林嘉睿定了定神，努力让自己平复下来。

但他的双腿却不听使唤，一步一步像踏在云端上，拼命追赶那道人影。

出了餐厅就是大街，因为夜色已深，街上的车也少了，视野顿时变得空旷起来。

林嘉睿四下一望，见那人像是往右边走了，而他的几个同伴已经打好了车，正叫他赶紧过去："林导，这边。"

林嘉睿喘一口气，连丝毫的犹豫也没有，摆了摆手，道："你们先回酒店吧，我这边有点事，一会儿自己回去。"

说完他就迈开步子，往右边追去了。

晚上光线不好，又正好下着雪，看什么都带了三分朦胧，林嘉睿时而觉得前方确实有这么一个人，时而又觉得自己只是在追逐一道虚无的影子。

他借着酒劲走得飞快，不多时就出了一身汗，走过一个转角后，那道人影突然消失不见了。

……什么也没有。

没有他想象中的那个人，只有来来往往的车辆和行人，以及漫天的雪。

雪花片片飘落，有几片落到他脖子里，凉得他浑身一颤，连酒也醒了大半。

他环顾四周，广告牌上闪耀的灯光刺得人眼睛疼，他这才想起来，自己身在一个陌生的城市。

果然是认错了。

也对，人海茫茫，怎么可能有这样的巧合？

林嘉睿把一切归罪于酒精的作用。

他先前走得太急，现在脚软得走不动了，只好茫然地站在路中央，看雪越下越大。

他一年四季都习惯穿 T 恤，就算大冬天也只在外面套件羽绒服，这样的穿着打扮，在下雪天就显得有些单薄了。

林嘉睿紧了紧身上的衣服，觉得背后泛起点凉意来。

正想着打车回酒店，林嘉睿忽然听见一点响声，有什么东西遮住了不断飘落的雪花。

他抬头一看，原来是一柄黑色大伞，正稳稳地撑在他头顶。

林嘉睿的心一下收紧了。

他在原地站了一会儿，见那柄伞始终撑着没动，才慢慢转回身去。

他看见一个身形高大的男人，穿深色西装，脸孔很年轻。

但，不是林易。

他原本屏着一口气，到这时才把这口气呼出来。

然后，他听见对方问他："先生，我看你在这里站了很久，你是不是忘记带伞了？"

林嘉睿点头道："是。"

"我的伞借你吧。"那人边说边把伞塞进林嘉睿手中。

"你自己怎么办？"

"没关系，我是开车来的。"

林嘉睿道了谢，把那柄伞接过来。

年轻人跟他道别后，阔步走开了。

林嘉睿撑着伞站在那里，心里怔怔地想，没想到邻市的人这么热心。

随后他又觉得不对，忙抬起头来，顺着那年轻人离开的方向望过去。

马路对面停着一辆不起眼的车，年轻人走过去钻进车里，却并不急着发动。车旁还站着一个人，因为离得远了，只能看见一道模模糊糊的人影——他没有打伞，也不知在雪中站了多久，肩头已覆上一层薄薄的白雪。

林嘉睿隔了一条街与他对望。

雪仍旧下个不停。

时间仿佛就此凝固了。

最后还是突如其来的电话铃声打破了这个僵局。

林嘉睿一下回过神来，拿出手机一看，原来是他那个小助理打来的。

"林导，你现在在哪里？什么时候回酒店？"

"嗯……"林嘉睿像是终于从梦境里回到了现实世界，握着手机道，"我马上就回去。"

他还记得来时的路。

要回暂住的酒店，就必须转身朝相反的方向走。

他又朝马路对面的人影望了一眼。

雪下得这么急，那个人偏偏一动不动，一头黑发也染上了点点白星。

林嘉睿的背脊绷得笔直，握着伞柄的手微微泛白。

但他的酒已经醒了。

他的身体重新落回理智的掌控，催促自己转过身，一步一步往回走。

他曾经见过林易决绝离开的背影。

所以这一次，换他转身先走。

林嘉睿没有打车，一个人慢慢地走回了酒店。

也亏得他记性好，竟然没有在这个陌生的城市迷路。

回到房间时，夜已经深了，他只是见了那个人一面，就觉得筋疲力尽，一沾着枕头就睡着了。

第二日雪霁天晴，又是一个好天气。

林嘉睿昨天受了凉，早上把箱子里的厚衣服翻出来穿上了，裹得严严实实的，这才出门继续工作。

可能是这一场初雪带来了好运气，接下来几天，他们倒真挑到了一个不错的新人。

那是个刚到二十岁的女孩子，脸长得不是非常美，但胜在有特色，不笑的时候普普通通，一笑起来，颊边便有梨涡隐现，甜得腻人。

虽然男主角还没着落，但能有这么一点收获，也算没白来一趟了。

这期间，大伙儿又结伴出去吃了几顿饭，直到启程回去那天，都没再发生什么意外。

林嘉睿只知道林易人在邻市，对于他在何处落脚、现在干的是什么营生等事，则是一无所知。

他也没有特意去打听，只把下雪那天借来的黑伞带回家去，挂在了自己房间的房门背后。

后来林嘉文来找他聊天，见到那柄古怪的伞也是一怔，道："怎么在房里挂这么丑的伞？"

林嘉睿正坐在窗台边看书，头也不抬地说："我跟别人借来的。"

"哦，那就赶紧还掉吧，看着多碍眼啊。"

林嘉睿笑笑，说："恐怕没有机会了。"

林嘉文没听出他话中的深意，自顾自道："你还是快点去学开车吧，以后有车代步，刮风下雨也不怕了。现在都什么年代了，谁还像你这样整天走来走去的？"

"我会开车，只是没考驾照而已。"

林嘉文翻了翻白眼，道："就你那个技术，开起车来吓死人，也不知道是跟谁学的。"

说完他就一愣，暗骂自己真是太笨了。

林嘉睿还能是跟谁学的开车？

那种横冲直撞不要命的开法，跟某人一模一样。

自从林嘉睿半年前从海边回来，林嘉文便始终小心翼翼地，不敢再提林易的名字。

这时陡然口误，他有些忐忑地看了看林嘉睿的脸色。

林嘉睿却是神色如常，状似随意地说："是啊，我技术太差，所以才不敢开车。"

林嘉文见他没往心里去，这才松了口气，连忙转移话题，问："对了，你最近有没有见过大哥？"

"有两三个月没见了，怎么了？"

"没什么，只是觉得他出门这么久，身上的钱也该输得差不多了，怎么还不回家？"

林家大哥嗜赌如命，这一点林嘉睿是知道的，便道："也许这次是赢了。"

林嘉文当即笑出了声："能赢才怪，哪次不是输光了才回来？算了，反正等他没钱了，肯定会自己跑回来的。"

又说了几句后，林嘉文进入了他这次的正题——给林嘉睿介绍女朋友。

这回介绍的是个模特，身材和脸蛋自然没话说，连性格也好得要命，小鸟依人，又会撒娇，正是大多数男性的梦中情人。

林嘉文吹得天花乱坠，只差没打包票说她跟林嘉睿结婚后一定能一举得男了。

林嘉睿的神情始终是淡淡的，等他全部说完了，才点头道："好，有时间约出来见个面吧。"

林嘉文目的达成，也就不再多说什么了。

离开房间的时候，林嘉文的目光又被那柄黑伞吸引，忍不住伸手去扯伞面。

不料他的手才刚碰上伞面，就听林嘉睿提高声音道："三哥。"

林嘉睿从书本中抬起头来，脸上也没见什么特别的表情，只是重复一遍之前说过的话："伞是我借来的。"

林嘉文忙把手缩了回来，心里直犯嘀咕：刚才给介绍女朋友的时候，林嘉睿可没这么大的反应，怎么这样一把破伞，竟然比前凸后翘的美女还要有魅力？

没过几天，林嘉睿就跟那位美女见了面。

不过两人显然性格不合，只吃了一顿饭就没有下文了。

正好新电影的男主角也已经定下了，林嘉睿就没再理会这件事，把心思都投到了工作上。

他这次转型拍爱情片，倒并不怕砸了自己的招牌，只是担心浪费了好剧本和好演员，所以在筹备方面格外下功夫，务求做到精益求精，光剧本就改了不知多少遍，搞得编剧一见到他就头疼。

这天，林嘉睿照旧在编剧家讨论剧本，手机铃声忽然响了。

他工作起来简直六亲不认，看都不看就按掉了。

对方再打来，他还是按掉。

后来编剧都看不下去了，劝他道："还是先接电话吧，说不定是有急事。"

林嘉睿低头查看了未接来电，发现从早上到现在，已经有十几通了，全部是他二姐跟三哥打来的。

如果只是一个人找他也就罢了，可眼下两个人都找他……

林嘉睿心下一沉，正要回拨过去，他二姐的电话就先打来了，在那头叫道："小睿，你总算接电话了！"

"我正在忙工作，没发现是你们打过来的。怎么了？找我有事？"

"小睿，"二姐的声音有些发抖，"大哥出事了。"

"什么？大哥出什么事了？"

"总之就是有麻烦了……你快回家一趟吧。"

林家二姐虽然性格强势，但毕竟是个女人，遇到家中发生大事，难免神思恍惚，翻来覆去的就这么几句话。

林嘉睿跟她说了半天，也只知道大哥惹上了麻烦，但具体是什么情况，三言两语却说不清楚。

他这会儿还在别人家里，当然不能问得太过仔细，只好软言安慰了二姐几句。

挂断电话后，他跟编剧说了一声，把工作的事往后推了。

编剧十分理解，连客套的话也不多说，直接把他送出了门。

林嘉睿在街上打了辆车，急匆匆地赶回家去，好在这个时间也不堵车，只花了半个钟头就到家了。

一进客厅，他就看见二姐正坐在沙发上发呆，三哥则烦躁不安地在窗前走来走去，气氛相当压抑。

林嘉睿在路上已经做了种种假设，这时反而镇定下来。

他走到沙发旁坐下了，拍了拍他二姐的手，问："大哥怎么样了？有……有生命危险吗？"

二姐红着眼圈说不出话。

还是林嘉文开口道："暂时还算安全，不过要是我们不肯拿钱去赎他的话，过不了几天就能收到他的断指了。"

林嘉睿早有心理准备，所以也不算惊讶，皱眉道："又是赌博惹的祸？"

"大哥这次输得有点多，输完了还想不认账，结果被人家抓起来打了一顿，现在对方正捏着他的性命问我们要钱呢。"

林嘉文边说边把自己的手机递过来。

林嘉睿低头一看，原来对方还发了段视频过来。

视频内容倒没什么新意，就是他家大哥被揍得鼻青脸肿的画面。

在他看来，拍摄手法实在粗劣到了极点，不过如此暴力的场景，对被害者家属的心理冲击还是巨大的。

二姐先前已经看过这段视频了，因此别过头去，不敢看第二遍。

平常数落起大哥来，就属她骂得最凶，现在却心软得厉害。

林嘉睿还算冷静，问："这件事通知大嫂没有？"

"没有，她人都在国外了，就算知道消息也赶不回来，还是别让她担心了。"

大哥几年前就结了婚，但跟妻子感情不睦，没过多久就分居了，现在大嫂带着一双儿女住在国外，看来离婚也是迟早的事了。

由于两个孩子还小，事情没出结果之前，确实不宜让他们知道太多，所以林嘉睿点了点头，道："这样也好。"

接着他又说："既然对方的目的是求财，就给他们钱吧，只要大哥平安就好。"

林嘉文叹了口气，从手机里翻出一条短信来，说："你先看看他们要求的数目。"

林嘉睿扫了一眼，大吃一惊。

他虽然对钱财不上心，可基本的概念还是有的，这个数字……林家不是拿不出来，但要在短期内筹措这么一大笔钱，恐怕并不容易。

"大哥输了这么多？"

"谁知道？也可能对方是狮子大开口，打算趁机大捞一笔。"

"三天的时间太短，恐怕筹不到这么多现金。"

"嗯，一些股票和不动产，短时间内也不好出手。"林嘉文看气氛太沉重，开玩笑道，"还好三天后只是断手指，大哥就算少了几根手指，应该也没什么影响吧？"

这个笑话显然太过拙劣，任谁听了也笑不出来。

到底是骨肉相连的亲兄弟，平时再怎么骂大哥不争气，这时也舍不得他吃苦头。

一直没怎么说话的二姐忽然抬头道："自从爷爷过世之后，林家是一年不如一年了，若是放在以前……"

若是以前，怎么会为这么一笔赎金为难？

林家老爷子是商业奇才，挣下林家偌大的一份家业，可惜他的长子去世得早，留下的四个孙子、孙女，一个个都是吃喝玩乐的高手，却偏偏毫无经商才能，只能眼看着坐吃山空。

林嘉睿想了想，问："要不要报警？"

"不行！"另外两个人几乎是同时叫出来。

"对方可不是心慈手软的人，万一激怒了他们，拿大哥开刀可怎么办？"

林嘉睿闻言，也不敢冒这个险了。

三人愁眉苦脸地想了一圈，发现除了尽量满足对方的要求，还真没有其他办法了。

大哥不在，林嘉文俨然成了家里的顶梁柱，他拍了拍手掌，道："总而言之，我们先去各自筹钱吧，把能周转的现金都周转过来，过了这一关再说。"

大家都无异议。

林嘉睿这样不问世情的人，这时候也不得不放下架子，为了对他来说只是数字的金钱四处奔波。

眼下没有司机供他差遣，来来回回很不方便，这一天几乎就是废掉了。

第二天他仍是早出晚归，但是收获不大。

林家家大业大，产业倒是不少，可惜都是短时间内不能动的。

林嘉睿跑了一天，回家时天已经完全黑了。

他想让头脑清醒清醒，所以剩下的一段路是用走的。

快到林家大门口时，旁边的暗巷里伸出一只手来，一把将他拽了进去。

林嘉睿有过被绑架的经历，如今大哥又正吃着苦头，他的警觉性比平常高出许多，一发觉不对，就立刻挥拳打了过去。

但那人的速度比他更快。

对方牢牢地捏住了他的手腕，低沉着嗓音说："怎么，这么快就认不出我了？"

光线昏暗，林嘉睿看不清那人的脸。

但这个声音……

这个声音，他怎么会认不出来？

他以为远在邻市的人，此时竟然近在眼前！

林嘉睿呆了呆，心里百转千回，说不出是什么滋味，最后只道："你怎么会在这里？"

林易仍旧握着林嘉睿的手腕，道："你可真沉得住气，家里出了这么大的事，也没想过找我吗？"

他唇瓣往上弯了弯，接着又毫不谦虚地说："绑架这种事，还是应该交给专业人士来解决。"

林嘉睿一怔。

他可不觉得这有什么值得自豪的。

不过此时事态紧急，他也没纠结于此，只是把自己的手抽回来，问："你怎么知道我大哥的事？"

林易淡淡地道："我的消息渠道，可比你想象的要多得多，至少在你们知道这件事之前，我这边已经收到消息了。"

说到这里，他借着昏暗的光线望了林嘉睿一眼，重逢后第一次叫出他的名字："小睿。"

林嘉睿头皮一麻，像有一阵电流从后颈蹿起，不知道该不该应声。

林易倒不在意，自顾自说道："今晚月色不错，你要是不急着回家的话，我们就在附近散个步吧。"

他像是怕林嘉睿不同意，马上又加一句："顺便聊聊你大哥的事。"

现在林家大哥已成了别人砧板上的肉，那明晃晃的刀子正高悬在大哥头顶，林嘉睿纵使再有傲气，也没办法掉头离开。

他率先迈步走出巷子，问："你知道多少？"

"你大哥嗜赌如命，这几年输得不少，但这次的数目特别大，又正好招惹了不该惹的人，会被人抓起来打一顿，也算是自作自受。"

林易不紧不慢地跟上来，正好与他并肩而行。

这晚的天气其实不算好，月亮躲在云层里，朦朦胧胧的，看不真切。

林家附近没什么好散步的地方，林嘉睿便沿着门口那条林荫道慢慢地走，问："大哥他……能平安回来吗？"

林易一听就笑起来。

他的目光落在林嘉睿身上，因为是在夜色中，消融了平日的凌厉之色，显得格外温和。

他说："小睿，只要你一句话，我保证让你大哥平安无事地回来。"

林易难得有这样温和的时候。

少数的那几次，也都是另有目的。

林嘉睿心里一跳，反射性地问："想必是有条件的吧？"

林易面色一凝，像是忽然挨了一拳，眼底的神采一下黯淡下去。

但他没有过分失态，只是叹了口气，苦笑道："就算我说没有，你肯定也是不信的。嗯，你就老实回答我一个问题吧。"

林嘉睿全神戒备，直盯住他看。

林易却只是问："最近有没有再做噩梦？"

"有，"林嘉睿果然没有说谎，"但梦就是梦，等天一亮，自然就醒了。"

林易对这个答案还算满意，点头说："好。"

这下轮到林嘉睿疑惑了："这样就够了？"

林家出了这么一桩大事，他只怕是放鞭炮庆祝还来不及吧，难道真的打算出手相助？

"放心，你大哥最多受些惊吓，不会有性命之忧的。"林易抬起右手，似乎想揉一揉林嘉睿的头发，但最终还是顿住了，硬生生地停在半空。

过了会儿，他才重新开口："小睿，我以前什么都不懂，现在却明白了——你所重视的一切，自然也是……"

他深深望着林嘉睿，嗓音越发低下去："是我必须保护的。"

他跟林家的恩怨已消，会在这种敏感的时刻现身，只因为那几个姓林的是林嘉睿重要的家人。

林嘉睿虽听得懂他话中的意思，脑海里却乱成一团，一时间反应不过来。

两人说了这半天话，不知不觉已经走到了林家大门口。

林易停下脚步，道："时间不早了，你先进去休息吧。就算再怎么担心你大哥，晚上也要好好睡觉。"

林易都答应帮忙了，林嘉睿也不好拒人千里，就算是装客气，也不得不装着问一声："你不进去坐坐？"

"不用了，我还要做些安排，让手底下的人先布置起来。"

林嘉睿立刻想起绑匪给出的时限，道："他们只给了三天，已经过去两天了，明天是最后期限。"

"还剩一天？"林易笑了笑，说，"绰绰有余。"

林嘉睿真不知道他是哪里来的自信。

但盲目自大也算是他的老毛病了，林嘉睿没有对此发表意见，进了家门之后，就把这事跟兄姐说了。

林家另外两个人当然对林易深恶痛绝，恨不得老死不相往来才好。

但如今正是非常时期，救出大哥才是头等大事，其他的如面子、自尊之类的东西，统统都要靠边站。

所以他们再怎么不情愿，也只是口头上骂了几句。

没办法，人家都送上门来帮忙了，总不能拿棍子打出去吧？

林嘉睿虽然得了林易的保证，但晚上还是睡得不踏实。

他一会儿梦见伤痕累累的大哥，一会儿又梦见面带微笑的林易，第二天天刚亮，他就醒过来了。

反正也睡不着，他草草梳洗一番后就出了门。

没想到竟然有人比他更早。

林易也不知道是什么时候来的，早就叼着烟站在大门口等着了。

他见了林嘉睿也不说废话，指了指身后的车，道："赎金是不是还差一点？上车，跟我去取。"

林嘉睿没想到他神通广大，连这件事也打听到了，这时候再拒绝不过是浪费时间，因此二话不说，乖乖坐上了车。

他们一上午跑了好几家银行，才把需要的现金凑齐了。

林嘉睿从不心疼钱，看着一大堆钞票，他连眼睛也不眨一下，道："赎金既然齐了，他们应该会按约放人吧？"

林易叫了刀疤来开车，自己跟林嘉睿一起坐在后座，道："不一定，也得防着他们一手……总之有备无患，到时候见机行事就是了……"

他说着说着，声音渐渐低了下去。

林嘉睿扭头一看，发现林易竟靠着车窗睡着了。

这可是难得一见的事，林嘉睿一时有些惊讶。

刀疤透过后视镜看到这一幕，笑着解释道："老大一听说大少爷出事的消息，就连夜从外地赶回来了，昨天傍晚刚到，先急着见了你一面，接着又要找关系、调人手，嗯，算下来已经有两天没睡过了。"

林嘉睿怔了怔，想起林易昨晚出现在他家门口时，神色确实有些疲倦，今天又一早就过来找他了，原来是根本没有睡过。

这人嘴上说得轻描淡写，但为了赎出大哥这件事，确实费了不少心力。

他见林易下巴青青的，已经冒出了一圈胡茬，不由得心中一动，脱下外套来盖在林易身上。

车子开了一路，林易便也睡了一路。

直到车子在林家门口停下来，他才皱了皱眉，慢慢睁开眼睛。

林嘉睿的视线与他碰个正着。

林易也不说话，只是懒洋洋地靠在窗边，瞧着他笑了笑，将那件外套递回去，道："外面风大，赶紧穿上吧。"

林嘉睿"嗯"了一声，重新穿上外套，跟着林易下了车。

他们这次一起进了林宅。

林易在林家当然是不受欢迎的，好在林嘉睿昨天事先提过这事，二姐跟三哥见了他虽然不满，但也没有多说什么，顶多在心里骂几句，表面上尽量装作视而不见。

林易也不在意，跟两人打过招呼后，一个人站到落地窗边去抽烟了。

三天的期限已到。

众人坐在客厅里等了一个下午，到了晚上的时候，绑匪果然打了电话过来。

林嘉文是第二次接这种电话，因为有了经验，表现得还算镇定："对，是我……按照你们的要求，钱已经准备好了，怎么交给你们？明天晚上 7 点……地址是……"

林易咳嗽一声，朝林嘉文比了个手势。

林嘉文会意，忙道："我大哥怎么样了？让我跟他说几句话！"

电话那头似乎起了争执，过了好久，才听林家大哥虚弱的声音传来："阿文……"

"大哥！"

只说了这么一句，立刻就被绑匪打断了。

但众人的心总算定下来，至少能确定人质是平安的。

林嘉文接着又跟对方沟通了一番，定下了交赎金的时间跟地点。

但是说着说着，他忽然变得激动起来，甚至猛地站起身，大声道："不行！他不会开车！等一下，换个人行不行？喂，喂喂？"

对方很快就挂断了电话。

林嘉文握着手机站在那里，脸色十分难看。

二姐最沉不住气，推了推他的胳膊，问："怎么了？绑匪又提什么要求了？是不是钱不够？"

"不，他们……"林嘉文总算动了，却是转头看向林嘉睿，道，"他们要小睿去送赎金。"

林易正站在落地窗边把玩他的打火机，听到这句话后，"噌"的一声打着了火，眼睛看着那跳跃不定的炽热火焰，冷笑道："好大的胆子。"

虽然只是再简单不过的一句话，却听得人背脊发凉。

相比之下，林嘉睿倒是不为所动，淡然道："反正钱已经凑齐了，只是去交个赎金而已，不管三哥去还是我去，都没什么差别。"

"可是小睿你又不会开车。"

"对方肯定调查过林家了，正因为知道我不会开车，所以才选中我的，不是吗？"

"不行，你一个人去太危险了！"

"对啊，他们可是穷凶极恶的绑匪，万一……"

"不然怎么办？难道等着他们撕票？放心，对方既然只是求财，那么只要钱到位就行了。"林嘉睿双腿交叠着坐在沙发上，竟还有心情开个玩笑，"我就当去长长见识，顺便积累一些电影素材。"

"林嘉睿！"

"小睿，这件事可不是闹着玩的。"

林嘉文和二姐轮番上阵劝他打消这个主意，但林嘉睿始终不为所动。

最后林嘉文没有办法，只好扭头瞪了林易一眼，道："喂，你干站着看什么热闹？还不过来劝劝小睿。"

只听"啪嗒"一声，林易阖上了手中的打火机，然后抬头看向林嘉睿。

林嘉睿坦然地望回去，眼睛是乌湛湛的黑。

林易盯着他看了会儿，终于吐出几个字："让他去。"

"你疯了？"林嘉文气得跳脚，"怎么能让小睿去冒险？"

林易笑了笑，说："你难道还不了解小睿的脾气？他向来固执得要命，一旦认定了某件事，任凭谁也劝不住他。"

林嘉睿对着林易望了一会儿，蓦地也笑了，说："还是叔叔最了解我。"

林易听见这个称呼，忽然大步朝林嘉睿走过来，却又在离林嘉睿一步远的地方停住了。

捏着打火机的手动了动，终究还是塞回了自己衣兜里，他俯身看着林嘉睿道："今晚你早些休息，养足了精神应付明天的事。"

林嘉睿说："当然。"

林易也没多留，交代完这句话就告辞离去了。

林嘉文气不打一处来，骂道："这混蛋到底是来干吗的？专程来看林家的笑话？"

说完，他又想接着劝林嘉睿："小睿，明天……"

林嘉睿怕他啰唆，忙起身回自己房间睡觉了。

这一晚，林嘉睿倒是睡得挺沉，什么梦也没有做，天一亮就醒了。

他穿衣洗漱，照旧只在 T 恤外面套了件羽绒服就下楼了。

林嘉文比他起得还早，正坐在客厅里喝咖啡，看样子像是熬了一夜。

林嘉睿走过去招呼了一声："三哥。"

"嗯。"

林嘉文点点头，不知道是不是想通了，竟然没再阻止他去送赎金。

过了一会儿，二姐也下了楼，三个人聚在一起吃了顿早饭。

席间大家都沉默得很，连向来爱吃的林嘉文也食不知味，只随便扒拉了几口。

　　林嘉睿倒是该吃吃、该喝喝，吃饱喝足之后，就躺在沙发上看了一天的电视。

　　到了傍晚，林嘉睿看看时间也差不多了，就收拾一下东西准备出门了。

　　林嘉文从地库里开了车出来，几个人到了大门外一看，才发现林易早在门口等着了。

　　他一只手撑着引擎盖，另一只手夹着支烟，也不知在冷风里立了多久。

　　林嘉文没搭理他，将装了赎金的拉杆箱放进后备厢，又把自己的手机递给林嘉睿，说："小睿，路上小心。"

　　二姐的眼睛红通通的，她叫了声："小睿……"

　　末了，她没再说下去。

　　林嘉睿虽然不喜欢婆婆妈妈的，却还是搂了搂二姐的肩，道："我一定把大哥平安带回来。"

　　林易远远看着，等他们一家人说完了话，才走过来将打火机丢给林嘉睿。

　　林嘉睿怔一下，然后低下头，手法熟练地给他点上烟。

　　林易看着他露在衣领外面的一小截雪白脖颈，说："小睿，有我在，什么也不用怕。"

　　林嘉睿把打火机还给他，说："我没怕。"

　　林易吸一口烟，看着林嘉睿笑了笑，伸手来推他的肩，道：

"走吧。"

林嘉睿上了车，发动车子的时候，从后视镜里看见了林易的脸。

那张脸渐渐模糊，最终变成了视线里的一个小点，彻底消失不见。

约定交赎金的地点是郊外的一处废弃仓库，林嘉睿出发得早，一路上车开得很稳。

开到半路时，他接到了绑匪打来的电话。

对方的声音经过变声工具的处理，听起来又粗又哑，临时告知他更换了交易地点。

这也是电影中的常见桥段——绑匪为防被警方追踪，可能会多次变更地点。

林嘉睿从容不迫地掉转车头，按照电话指示朝另一个方向开去。

这时已到了下班时间，路上有点堵车，林嘉睿堵在一个十字路口时，再次接到了绑匪的电话。

"左转，往南走。等我指示。"

林嘉睿挂了电话，看看时间，发现已经过了7点。

这位绑匪先生倒是耐心十足，一直让他在城里兜圈子。

林嘉睿想到这里，忽然觉得不对劲了。

是哪里不对？

他将今天发生的事仔细想了一遍，想起林嘉文对他说的是"路上小心"，林易说的是"有我在，什么也不用怕"，两人都没有担心他的安危。

那是因为……他们早知道他不会遇上危险。

林嘉睿猛地踩下刹车，在路边停了下来。

他跳下车来，开了后备厢，打开装赎金的拉杆箱一看，哪有什么赎金，不过一箱子书而已。

林嘉睿心下一沉，再翻了翻手机通话记录，没找到昨晚绑匪打过来的电话。

那刚才跟他通话的人是谁？

他的手有些发颤，但很快镇定下来，回拨了一个电话过去。

"嘟——嘟——嘟——"

数秒后，电话接通，林嘉睿开口就问："林易在哪里？"

第九章　血色

一辈子的时光太漫长，
轻易许下的诺言，总是无法兑现。

假的赎金。

假的电话。

到了这个时候，林嘉睿还有什么想不明白的？

是林易跟林嘉文串通起来，骗他开车出来兜了兜风。

而代替他去交赎金的人……是谁？

电话那头一片沉寂。

林嘉睿再问一遍："林易在哪里？"

那道粗犷的嗓音响起来，这次却有些结巴："你……你说什么？"

"不用瞒我了。你是阿文？还是金毛？刀疤呢？"

"刀哥跟老大一块出去了。"

嗯，很好。

林嘉睿深吸一口气，问："他们去哪里了？是不是郊外的废仓库？"

电话那头的人顿时急了："小少爷，你可千万不能去！老大要是知道了，非扒我一层皮不可！"

"怎么？很危险？"

"小少爷你不知道，大少爷这次可不只是欠了赌债这么简单，他还招惹了人家的女人！对方就算收了赎金也不会轻易放人。老大已经找中间人说和过了，没成，所以才决定亲去救人。"

"我知道了。"

"小少爷，你……"

林嘉睿不等对方说完就挂断了电话，重新跳上汽车，往郊外驶去。

他想起今早出发之前，林易对着他微笑的样子。

原来那个人在那时就已计划好了一切。

林嘉睿将车开得飞快。

已经过了约定好的交易时间，他不知道林易现在怎么样了，是顺利救出了大哥，还是……

他深吸一口气，没有再想下去。

这样冷的天，林嘉睿开车赶到郊外的废仓库时，竟然出了一头的汗。

他随意抹一抹就下了车，走过去一看，仓库的门虚掩着，里头静悄悄的，并无人迹。

是他们换了地点，还是……他来迟了？

林嘉睿伸手推开那扇门，老旧的铁门发出一阵刺耳的声响。

借着外头一点路灯的光，他看见仓库的地上洒满了纸片，待走近了一看，才发现是他们之前准备的赎金。

林嘉睿皱了皱眉，缓步走进仓库里，心知这里一定出过事。

仓库里立着一排排货架，架子上堆着废弃的纸箱子，夜里漆黑一片，也不知那些货架后面隐藏着什么。

这时，林嘉睿的手机铃声忽然响起来，在这寂静的夜里显得有些吓人。

林嘉睿见是个陌生的号码，也没多想，按了接听。

那头传来的却是林易的声音："小睿，你在哪里？"

林嘉睿也问："我大哥怎么样了？"

"放心，他已经被救出来了。绑匪被抓了几个，已经被警察带走了，不过有两个漏网之鱼，你别到处乱跑……"

正说着话，林嘉睿瞥见月光之下，地上多出了一道人影。

他忙切断电话，闪身躲到了货架后面。

安静的仓库里响起了细微的脚步声。

林嘉睿的掌心里渗出了汗，他把手机调成静音，给林易发了条信息：仓库里有人。

林易很快回他几个字：我马上就来。

林嘉睿屏住呼吸，慢慢蹲下身来，把自己藏进了浓黑的阴影里。

隔一会儿，那脚步声渐渐远了，他听见拉杆箱在地上拖动的声音，似乎有人捡起了撒在地上的钞票。

随后，那扇老旧的铁门又发出刺耳的声响，是有人开门走了出去。

林嘉睿不敢轻举妄动，仍旧在原处躲着。

不知过了多久，那脚步声重新响起，开始四处找他。

林嘉睿不愿坐以待毙，从货架上摸了样东西握在手里。

等那脚步声逼近，他倏地一跃而起，使劲砸了过去。

但对方的身手比他好得多，一下制住了他的手腕，将他拽了过去。

林嘉睿听见林易的声音在头顶响起："小睿，是我。"

林嘉睿有些透不过气来。

过了一会儿，他才往后退了退，在月光下看见林易的脸。

"你受伤了？"

林易摸了摸眼角的瘀痕，说："太久没跟人动手，身手不比当年了。"

"也不想想自己多大年纪了，还跟小年轻一样拼命。"

林易立马说："只比你大四岁。"

"嗯，一个半代沟。"

林易正要说话，突然脸色一变，叫了声"小心"，一把将林嘉睿推在了货架上。

货架上的灰尘簌簌地落下来。

林嘉睿看见黑暗里闪出一道人影，人影手中还握着一根棍子，朝着他的方向狠狠落下。

林易蓦地挡在他身前，肩背上挨了一记。

不过林易没有出声，立刻转身踢了回去。

两人在狭窄的过道里动起手来。

林嘉睿帮不上忙，干脆将一旁的货架朝那人推去。

货架倒地时，发出"哗啦啦"的响声，对方轻易避开了。

林嘉睿刚想去推另一边的货架，就觉脖颈上一凉，有锋利的刀刃贴上了他的皮肤。

他听见有人在耳边阴沉沉地说："别动。"

林易也听见了这一声，回过头来叫："小睿！"

货架倒地后，视野开阔不少，林嘉睿这时才看清拿棍子的是个又高又壮的光头男人，这么冷的天也穿着短袖，露出两边胳膊上的文身。

拿刀抵住他脖子的则是个矮矮胖胖的中年人，鼻梁上架一副眼镜，看起来还挺斯文的。

那光头叫中年人"九爷"。

九爷推着林嘉睿往前走了几步，说："林易，你小子挺能的啊，给我来一招声东击西，自己跑来送赎金，却叫手下的人把我的老窝给端了。"

林易的目光在林嘉睿身上一转，又收了回去。

他无所谓似的笑笑，说："是我手下的人没分寸，去救人的时候动静闹得大了点。不就是进去了几个吗？也没犯什么太严重的事，没几天就出来了。"

"你说得倒轻巧，叫九爷我的面子往哪儿搁？"

林易道："你也知道我是林家的人，比今天这个赎金再多两倍、三倍的数目，我也不是付不起。"

他一边说，一边不动声色地踏前一步。

九爷警觉地朝后退了退，勒着林嘉睿的脖子道："道上有道上的规矩，今天这事，不见点血是完不了了。"

林易脸上微微变色，但很快又笑起来，说："行啊，是要我的胳膊还是要我的腿，你尽管说。"

九爷对那光头使个眼色。

光头会意，当即举起手中铁棍，朝林易的左腿砸了下去。

光头砸第一下时，林易的身体仅是晃了一下，还是迈步向林嘉睿走过来。

紧接着是第二下、第三下。

林易终于支撑不住，左腿一弯，半跪在了地上。

寂静的夜里，只听见铁棍敲在他腿上的沉闷声响。

借着窗外透进来的月光，能看见那棍子上已沾了血迹。

林嘉睿觉得时间仿佛被拖长了，一切像是电影中的慢镜头。

他嘶声叫道："林易！"

一开口才发现自己的声音是哑的。

林易倒在地上，慢慢抬起眼睛来看他。

林嘉睿恍惚记起小的时候，每回他闯了祸，林易总会将责任揽在自己身上，然后一边挨爷爷的打，一边这样看他。

他说，小睿，别哭。

他说，小睿，一点也不疼啊。

他说，小睿，叔叔会一直一直保护你。

一辈子的时光太漫长，轻易许下的诺言，总是无法兑现。

林嘉睿听见九爷说："够了，换右手吧。"

林易眼睛里露出一些笑意。

他趁着倒在地上的这点时间，已经不知不觉地挪到了林嘉睿跟前。

九爷跟光头都没什么防备，林嘉睿却最了解他的性格——他要反击了。

果不其然，当铁棍又一次落下时，林易猛地从地上跳起来，一拳挥向九爷。

林嘉睿同时抬肘，奋力往后一撞，趁着九爷手忙脚乱的时候脱了身。

林易胳膊上被扎了一刀，却浑然不顾，只是冲着林嘉睿喊："小睿，你先走！"

混乱中，林嘉睿听见一声闷响，只不知铁棍是敲在了谁的脊梁上。

他的心往下一坠。

这时林易已经夺过铁棍扔在了那光头身上，冲过来抓住林嘉睿的手，叫道："走！"

林易腿上有伤，两人相互搀扶着跑出仓库，立即上了林易的车。

车灯一照，林嘉睿才发现他脸色白得吓人。

"你的腿怎么样？"

"没事,"林易掌心里也沾着血,发动车子道,"还开得了车。"

郊区的老公路,两边都是田埂,路上坑坑洼洼,一路上颠簸得很,他踩足了油门也开不快。

林嘉睿从后视镜里看到另一辆车的车灯,道:"他们追上来了。"

林易喘了口气,咬着牙没作声。

后面的车越开越近。

林嘉睿又听见"砰"的一声响,一个看不清是什么的重物砸在了挡风玻璃上。

林易手里的方向盘一歪,差点把车开进田埂里。

林易摸了摸自己的左腿,叫了一声:"林嘉睿。"

林嘉睿应道:"什么?"

林易只说了两个字:"跳车。"

林嘉睿开了车门,又回过身问:"你呢?"

林易的脸在灯光下毫无血色,反倒是林嘉睿的颊边,不知何时染到了一点血迹。

林易笑了一下,低头捻了捻自己的手指,看着林嘉睿道:"小睿……"

他忽然不再说话,只一把将林嘉睿推出了车外。

林嘉睿摔进田埂里,滚了几圈才停下来。

他灰头土脸地爬起来,看见林易的车转了个大弯,而后掉回了头来。

车灯大亮。

林易开车朝另一辆车撞了过去。

林嘉睿耳边掠过轰隆隆的一阵响。

他知道林易没说完的话是什么。

他说，小睿，叔叔会一直一直保护你。

第十章 人潮

他们历经千山万水，终于又在这个城市的某处重逢，隔着一条马路遥遥相望。

"小睿……"

林嘉睿又回到十年前的那个梦境中。

那天是爷爷的寿宴，客厅里灯火通明，这以后许多年，林家大宅再没有这样热闹过。

一个个熟人走过来跟林嘉睿打招呼，恭喜他考上了心仪的大学。

林易站起来敬了一圈酒，然后走过去打开了电视机，按下按钮时，他回过头来笑了笑。

林嘉睿望着林易英俊的侧脸，也跟着微笑起来。

他听见林易的嗓音在耳边响起："小睿……"

林嘉睿安静地等待着屏幕上出现的画面。

正如他从前的每一个梦境一样。

但是这个时候，忽然有人拨开喧嚷的人群冲出来，一拳打在了电视屏幕上。

画面霎时消失不见，屏幕寸寸碎裂开来，将那个人的手也割伤了。

梦境仿佛就此定格，林嘉睿眼前的色彩如潮水般褪去，只剩下那个人手上淋漓的鲜血。

随后那个人转过身来，林嘉睿终于看清了他的脸——

"唔……"

林嘉睿睁开眼睛，看见雪白的天花板和雪白的床单。

他刚从梦中醒来，愣了一会儿神，才意识到自己身在医院。

守在旁边的林嘉文欣喜地道："小睿，你总算是醒了！"

"三哥……"林嘉睿逐渐回想起先前发生的事，问，"大哥呢？"

"大哥没事，只是受了点皮肉伤，脸肿得像猪头而已。"

"那两个绑匪呢？"

"已经被抓了。"

林嘉睿闭了闭眼睛，又问："他呢？"

他们俩都知道这个"他"指的是谁。

林嘉文顿时沉默下来。

林嘉睿平静地道："……死了吗？"

林嘉文一脸惋惜："像他这种祸害，哪有这么容易死？他刚进手术室，应该没有生命危险。要过去看看吗？"

林嘉睿攥紧床单的手松开来，道："不用了，我先去看大哥。"

他有些轻微的脑震荡，刚下床时头还是晕的，好在林家大哥的病房也离得不远。

林嘉睿推门而入，见大哥果然只受了点皮肉伤，而且伤口基本集中在脸上，导致他的形象只能用"惨不忍睹"来形容了。

二姐坐在床边，已将大哥狠狠训了一顿，训得大哥灰头土脸，见了林嘉睿就直喊救命。

林嘉文朝二姐使个眼色，两人就去外边说话了。

林嘉睿走过去问了问大哥的伤势，安抚了他几句。

他们兄弟俩的关系本来就不怎么亲密，再加上大哥这副鼻青脸肿的样子，实在不利于交流兄弟感情，所以林嘉睿坐了一会儿就起身走了。

他走到门口，听见林嘉文和二姐在门外小声说话。

"你还没把那件事告诉小睿？"

"不就是断了条腿吗，又死不了人，有什么好说的？"

"可他毕竟是为了救大哥和小睿才受的伤……"

林嘉睿拉开门问："出了什么事？"

两人都被他吓了一跳。

二姐朝林嘉文努努嘴，自己躲进病房里去了。

林嘉睿问："有什么事瞒着我？"

林嘉文挠了挠脖子，说："林易那家伙虽然死不了，不过医生说他的左腿……可能保不住了。"

他边说边偷觑林嘉睿的脸色。

林嘉睿面无表情，点点头说："哦。"

林嘉睿赶去手术室的时候，只有刀疤一个人守在外面。

刀疤也受了伤，一只眼睛上覆着纱布，见了他就问："小少爷，你没事吧？"

林嘉睿走过去道："没事。"

"没事就好，老大最挂心的就是你了。"

林嘉睿没有作声。

这一台手术迟迟没有结束。

刀疤忍不住摸出支烟来叼着，林嘉睿见了便说："给我也来一支。"

刀疤递了烟给他，安慰道："只是一点小伤，出不了什么事的。有一次老大伤得才重，昏迷了整整三天才醒过来，他在梦里一直叫小少爷你的名字。那次之后，他就决定收手不干了。"

林嘉睿没说话，只是被烟狠狠呛了一下。

半个钟头后，林易被推出了手术室。

林嘉睿先看了看他苍白英俊的脸，又看了看他的腿……嗯，两条腿都在。

医生说他的左腿虽然保住了，但肯定会留下后遗症，往后走路恐怕会受影响。

林嘉睿还是点点头，说："嗯。"

他没有跟去病房，而是回了自己房间睡觉，这一夜没再做什么梦。

第二天林易就醒了。

林嘉睿过去探病的时候，林易身上的麻药刚过，应该是疼得厉害，不过他没有表现出来，只对林嘉睿说："给我来一支烟。"

林嘉睿道："病房里不能抽烟。"

林易只好退而求其次："那给我削个苹果。"

林嘉睿当然不会这个，不过他还是在床边坐下来，拿了水果刀在苹果上面比画。

冬日的阳光大好，林易有一搭没一搭地跟他闲聊："那天从车上摔下去，你有没有受伤？"

"有，轻微脑震荡，可能导致失忆的那种。"

"那你失忆了没有？"

221

"很可惜，我还记得叔叔你的脸。"

林易哈哈大笑，笑得伤口都疼了，才说："听说你家里人在给你张罗相亲？找到合适的了吗？"

"暂时没有。"

"一定是你要求太高。"

"我只看缘分。"

"是吗？我以为你是看脸。"

林嘉睿抬起头来，仔细地看了看林易的脸，说："以前是，现在不是了。"

林易静了一下，问："你到底喜欢什么样的？我可以给你介绍。"

"不用了，"林嘉睿握着那个苹果，终于找到了下刀的地方，一刀切下去，说，"我不相信你的眼光。"

"怎么会？我的眼光好得很。"

林易直直地望过来，目光里有种形容不出的神采。

林嘉睿正低头削苹果，手一抖，就割破了自己的手指。

殷红的血珠子一下冒出来。

十指连心。

这句话说得一点不错，林嘉睿使劲眨了眨眼睛，只觉钻心地疼。

林易过了一个多月才出院。

彼时林嘉睿手上的伤已经痊愈，只留下一点淡淡的痕迹。

林易出院那天天气不好，又阴又冷，风刮得脸颊生疼。

林嘉睿坐在车里没有出来，透过车窗玻璃看见林易走出医院大门。

他手里拄着根纯黑的拐杖，走路时左脚有些跛，但是很奇怪，背影还是那样挺拔。

林嘉睿深深叹息。

充当司机的林嘉文在边上说："不下去跟他打声招呼？"

"不必了，没什么好说的。"

林嘉文道："林易这次为救大哥受了伤，我还以为他会趁机纠缠不休，没想到……哼，算他还有点自知之明，也不想想自己有哪里好。"

林嘉睿说："至少脸还不错。"

林嘉文连连摇头，像是不相信自家弟弟会如此肤浅。

不过经过这次绑架事件，他跟林易的关系倒是缓和了不少，见那个人一瘸一拐地上了车，不由得说："其实事情过去这么多年，当年的恩怨也算是两清了。爷爷生病过世，一方面是因为那件事，另一方面也是对林易心存愧疚。你若是真的还想把他当一家人，不如……"

林嘉睿伸手按在方向盘上，说："三哥，开车吧。"

林嘉文只好发动车子。

林嘉睿远远看见，林易的车往另一个方向走了。

绑架事件到此翻篇，林嘉睿又将全副精力投到了工作中，新电影很快就开机了。

他每天忙得没工夫想其他事，只觉时间过得飞快，一转眼就到了春天。

清明那天，下起了绵绵细雨。

林嘉睿起了个大早，一个人去了墓园。

雨后的道路有些湿滑，林嘉睿没备什么东西，只带了几束花放在墓前。

他心爱的家人沉眠于此，或许再过一些年，他也会来此相聚。

雨虽然下得不大，但淅淅沥沥地落下来，很快将林嘉睿的鬓发打湿了。

来扫墓的人逐渐多起来，林嘉睿在爷爷墓前站了一会儿，正打算转身离去，耳边忽然响起一阵声响。

笃、笃、笃。

是拐杖敲击地面的声音。

林嘉睿的呼吸微微滞了一下。

他循声转过头，看见林易正拄着拐杖走过来。

林易穿一身黑西装，同样没有打伞，肩膀已被雨淋湿了一点。

他的拐杖敲在地上，走路的速度比从前慢很多，但是一步步朝林嘉睿走过来时，反而有种倜傥的味道。

林嘉睿站着没动，待林易走到跟前了，才像个老朋友那样跟他打个招呼。

林易问："你一个人过来的？"

"嗯。下午还有工作，所以早上先来了。"林嘉睿也问，"你

224

的腿怎么样？"

"好得差不多了，只是下雨天会有点疼。"

林嘉睿望了望漫天细雨，说："上次借的伞还没还你。"

"那个你还留着？"林易道，"扔了也无妨。"

林嘉睿就说："好。"

一番话说得客气又疏离。

林嘉睿想起从前那个傻乎乎地跟着林易的自己，可能做梦也料不到会有这样一天吧？

林嘉睿最怕应付这种尴尬的场面，刚想找个借口脱身，却听林易问："过来看你爷爷？"

"嗯。"

"正好，我也有东西要烧给他。"

林嘉睿一怔，问："什么东西？"

林易扬了扬右手，林嘉睿这才发现他手中拿着个硬壳笔记本，纯黑色的封面，看起来有些年头了。

林易解释道："是我母亲的日记。"

林嘉睿轻轻"啊"了一声。

"当年，我一直不明白她为什么要从林氏大楼跳下来，直到找到这本日记。她将我父亲过世的真相写在里面了，包括她选择结束生命的原因——不是因为她受了仇人的蒙蔽，而是因为她已爱上了那个人。"

林嘉睿吃了一惊："她对爷爷……"

"她一开始只为寻求庇护，后来却真心爱上了自己的仇人。"

林易从怀里摸出打火机，可能因为下雨的缘故，点了几次

225

都没点着。

"我后来无数次想，如果我从来没有发现这本日记，会怎么样？如果……"

林嘉睿打断他的话："这世上的事，没有如果可言。"

林嘉睿接过林易的打火机，只听"嗤"的一声，火苗就蹿了起来。

林易果然没再说下去，只是弯下身来，撕下已经泛黄的纸页，凑到火边点燃了。

林嘉睿在一旁替他挡着雨，看着那本日记一点点烧起来。

那些爱过的、恨过的，尽数被火苗吞噬，化作了片片飞灰。

一切的情仇由此开端，也当在此结束了。

当那本日记在墓前烧尽，两人都如释重负地松了口气。

雨仍旧绵绵地下着。

林嘉睿看了看时间，说："我该去工作了。"

林易直起身道："我让刀疤送你。"

"不用，我自己打车就行。"林嘉睿又在原地立了一会儿，看着他道，"再见。"

林易紧紧捏着手中的拐杖，没有跟林嘉睿作别。

直到林嘉睿转过身往前走，他才忽然叫了声："小睿。"

他说："当初……你送我的那张照片，背面究竟写了什么？"

林嘉睿脚步一顿，微微的细雨落进他眼睛里。

他记得那是一个午后，阳光那么好，风里带着点香气，他伏在书桌上，一笔一画地写下那句话。

那是十八岁的林嘉睿要对叔叔林易说的话。

而二十九岁的林嘉睿没有回头，仅是姿态潇洒地挥了挥手，径直往前走了。

街角的心理诊所里。

"这样的深情，最后也随时光流逝，变作了过眼烟云。这个结局怎么样？"

"很动人。"徐远说，"不过为什么每次都安排悲剧结尾？"

林嘉睿躺在沙发上，看着天花板道："因为我拍的不是童话故事。"

从一开始，就没有"王子与公主过上了幸福的生活"这个选项。

徐远只好问："新电影什么时候上映？"

"三天后。我让人送电影票过来，看不看随意。"

徐远马上道："一定捧场。"

林嘉睿换了个姿势，让自己更舒服地陷进沙发里，道："徐医生，我那天在医院里，又做了那个梦。"

"是以前常做的那个噩梦？"

"嗯，不过这次的梦境有些不同，我梦见……"

林嘉睿仔仔细细地描述了一下那个梦境——他像往常一样等待屏幕上出现熟悉的画面，却有不速之客闯进来，一拳砸碎了屏幕。他连那个人手上淌下来的血也提到了，只是没有提起他的脸。

徐远就问："那个人是谁？"

林嘉睿安静了一会儿，抬腕看了看手表，说："到时间了，我还约了人喝下午茶。"

　　徐远无奈地道："林先生，你不能每次都选择逃避。"

　　林嘉睿站起身道："这是普通人的通病。"

　　徐远只好换一个方式引导他："记不记得我以前说过，你的那些梦都有一个相同的特点——你上天入地地寻找某样重要的东西，为此不惜付出灵魂，甚至生命，但无论如何努力，最后总是一场空。这次出现在你梦境中的那个人，会不会就是你一直在寻找的东西？"

　　林嘉睿浑身一震，却还是拒绝作答，一步步朝门外走去。

　　他走到门口时才停住脚步，侧过头轻轻靠在门框上，低声道："徐医生，或许你说得对。原来这么多年，我一直在等那个人回来，与我和解。"

　　林嘉睿的声音轻得如同梦中呓语："可惜和解来得太迟了。"

　　他来迟十年，早已物是人非。

　　林嘉睿走出心理诊所，回头看了看那两扇玻璃门，心中知道，他以后应当不会再来了。

　　秋日的午后悠闲漫长，是林嘉睿最喜爱的时光。

　　他下午约了顾言喝茶，地点仍选在河边那座茶楼。

　　顾言走进来时，左手上一枚戒圈被阳光照得熠熠生辉。他经历种种波折，已跟心爱的人修成正果。

　　林嘉睿直接丢了两张电影票过去，说："周末一起来看。"

　　这次要上映的新电影是爱情片，讲的是初恋情怀，也算是林嘉睿的转型之作了。

林家舍得投钱，广告宣传早已铺天盖地地打出来。

顾言对此早有耳闻，收下了电影票，又道："终于肯拍爱情片了？什么时候解决一下你自己的感情问题？"

林嘉睿捧住头叫："千万别再给我介绍对象了，为了这件事情，我家里已经在闹世界大战了。"

本来他二姐跟三哥的口味就南辕北辙，现在连大哥也加入进来，三个人整天关心他的终身大事。

其实他今年也不过二十九岁，并不急着结婚。

顾言听得笑起来，对他深表同情。

秋日里天黑得早，两人喝过下午茶出来，夕阳已拖出了长长的影子。

林嘉睿在路口跟顾言道别后，自己一个人漫无目的地在街上走。

他手里还剩下一张电影票。

他从天亮走到天黑，当街头的霓虹灯亮起来，他在一幢公寓大楼前停了下来。

当初林易将房子买在这里，林嘉睿还搬进去跟他同住过一段时间。

林嘉睿抬头望了望熟悉的窗口，见屋里的灯都黑着。

他其实还保留着那间公寓的钥匙，不过他没有上楼，只把电影票塞进了信箱里。

自从清明那次见过面，他有许久没见到林易了。

连刀疤也不知道林易去了哪里，只说老大要去找一样东西，可能很快就回来，也可能永远不再回来了。

林嘉睿觉得这样也好。

或许这世上的每一个人，从一出生就注定了要去找寻。

有些人运气好，一下子就找着了，有些人运气差，一辈子都在寻寻觅觅。

林嘉睿必定是运气不太好的那一种。

不过不要紧，世界这么大，他总能找到一个真正在乎他的人。

只不过，那个人不是林易而已。

三天后电影上映，林嘉睿一个人去看了。

他穿 T 恤配球鞋，脸上戴一副大大的墨镜，因为天生一张娃娃脸，混在人堆里只像个大学生。

周末的电影院人气很高，卖爆米花的地方已经排起了长龙，边上的夹娃娃机前不时传来女孩子的欢呼声。

林嘉睿随大流买了桶爆米花，抱着进了影厅，坐在了最后一排。

新电影的排片不错，下午这场可说是座无虚席了。

但直到电影开场，他左手边的位置都还空着。

电影的情节很简单，讲述一对青梅竹马的恋人，从两小无猜、倾心相恋，到受外界影响被迫分离，再到很久以后重新相遇的故事。

林嘉睿没有在剧情上耍什么花招，只专注描述那种纯粹动人的爱情。

演到一半的时候，男主角在银幕上深情款款地说："执子之手，与子偕老。"

林嘉睿往嘴里塞了几颗爆米花，只觉甜得发腻。

电影的后半段，故事急转直下，两个主角被迫分离，甚至因为误会而反目成仇。

林嘉睿看到有小姑娘悄悄抹了抹眼泪。

电影的最后，主角在钢筋水泥筑成的城市里遇到了他曾经的恋人。两人隔着一条马路对视，那些爱过的、恨过的回忆，一幕幕在眼前重现。

但是他们谁也没有朝对方走过去。

当影院的灯光亮起，银幕上打出林嘉睿的名字时，他左手边的位置依然空着。

他重新戴上墨镜，站起身走了出去。

跟他一块儿走出来的还有三三两两的人群，有些还在讨论电影剧情，有些则已兴致勃勃地聊起晚上吃什么大餐。

林嘉睿有种曲终人散的惆怅。

他将空了的爆米花桶扔进垃圾箱，忽然瞥见了一道眼熟的身影——顾言也同他一样戴着副大墨镜，正跟他那个粉丝并肩走着。

林嘉睿目光下移，见那两人的手紧紧握在一处。

像顾言这样的大明星，这时候也只如一个普通人。

这却让林嘉睿由衷觉得羡慕。

林嘉睿走出电影院的时候，正是下午三四点钟光景，阳光斜斜地洒下来，最温柔也最美好。

影院对面是新开业的商场，高楼大厦外面挂着巨幅的电影宣传广告，他看见林易拄着拐杖站在广告画前面，像是沙漠中的海市蜃楼。

　　就如电影里演的那样，他们历经千山万水，终于又在这个城市的某处重逢，隔着一条马路遥遥相望。

　　谁也不知道他会不会向对面的人走过去。

　　阳光耀目，林嘉睿眯起眼睛望住那个方向，忽然记起了电影的结局——

　　多少年后，他们各自同别的什么人共度余生。只在午夜梦回时，梦到了年少时做过的美梦，与最初在意的那个人相携前行了。

　　——这样一场旧梦。

番外一 晚风

。

终究只在他的梦中了。

那一片温柔平静的海……

。

林嘉睿醒过来的时候，天色仍是半明半暗的，只云层里渗出微微的霞光。

　　窗户正对着海，因而能听见窗外传来沙沙的海浪声。

　　……海？

　　林嘉睿记得他搬出林家大宅后，住的是市区的高级公寓，四周车水马龙，哪里来的海？

　　他一下清醒过来，赤着脚下了床，伸手拉开半掩的窗帘，看见透明的落地玻璃窗外，是一片无边无际的海。

　　此时初升的太阳已跃出水面，映得海水波光粼粼，一如许多年前，他年少无知时的一场隐秘梦境。

　　林嘉睿看得怔神。

　　身后传来窸窣的声响。

　　有人走到他的身旁来，在他耳边道："小睿，今天怎么起得这么早？"

　　林嘉睿茫然地转过头。

　　他看见一张熟悉的、英俊无比的脸。

　　他已有许久不曾见过这个人了，只在午夜梦回时，偶尔记起自己也曾那样不计回报地在乎过一个人。

　　"叔叔……"

　　林易揉了揉林嘉睿的头发，笑说："你是睡糊涂了吗？多

234

久没这么叫过我了？"

林嘉睿看着窗外的海景，问："这是什么地方？"

林易动作一顿，在他颈边嗅了嗅，反问道："你昨晚究竟喝了多少酒，连自己家也不认识了？"

昨天新电影杀青，林嘉睿在庆功宴上喝了不少酒，但他还不至于醉到自己住哪儿都记不清，他明明是住在，住在……

他的记忆忽然有些模糊了。

林易无奈地道："回床上再躺一会儿，我去给你煮醒酒汤。"

林嘉睿看着他转过身，走路时，左脚微微有些跛。

林嘉睿心中一动，出声道："叔叔，你的腿是怎么受的伤？"

林易头也不回，摆了摆手道："还不是被老爷子打的。"

他这么一说，林嘉睿就想起来了。

林易身为林家的幺子，却非要自己出来创业，爷爷气得打了他一顿，将他赶出了家门。但林易确实也有生意头脑，没多久就白手起家，自己开了公司。

林嘉睿二十八岁生日的时候，林易买下了这幢海边的别墅送给他。

他跟林易从小一起长大，相知相惜，以后必然也会如此，一切都是再自然不过了。

但林嘉睿总觉得不对劲。

那件事情……没有发生吗？

那改变他一生的、可怕的噩梦，真的仅是一场梦？

林易很快就端了醒酒汤进来。

林嘉睿喝下之后，觉得头脑清醒了不少，而梦中经历的种种，遥远得如上辈子的事了。

这么一番折腾下来，天色已经大亮了，林嘉睿还想再睡一会儿，却被林易强行拖了起来。

　　"你再睡下去，上班又得迟到了。"

　　"昨天新戏才杀青，上什么班……"

　　林嘉睿说到一半就顿住了，想起他确实得去上班——他当初考上了心仪的大学，毕业后如愿当了医生，现在在市区的一家医院上班。

　　他想到这里，只好挣扎着爬起来，进浴室洗漱了一番。

　　等他出来时，林易早已穿戴齐整，身上西装革履，只将领带扔给了他。

　　林嘉睿接过领带，手法熟练地替林易系上了。

　　林易看着他乌黑的发顶，道："晚上一起吃饭？"

　　林嘉睿"嗯"了一声，给林易打好领带后，自己也匆匆收拾了一下，两个人一块儿出了门。

　　地库里停着好几辆车，林易随便挑了一辆，开了副驾驶座的门坐进去。

　　林嘉睿怔了一下，默默坐进了驾驶座。

　　他在车里发现了自己的驾照。

　　照片上的人面容青涩，应当是好几年前考的证。

　　这次不用林易提醒，林嘉睿也已想起来了——林易的腿受伤后不方便开车，他悄悄跑去考了驾照，自告奋勇地充当林易的司机。

　　林嘉睿想起梦中那个坚持不肯开车的自己，忍不住笑了笑。

　　任凭谁也是要向现实妥协的，那么骄傲的林嘉睿也不例外。

林嘉睿发动车子，汽车稳稳地驶出了车库。

海边的别墅什么都好，就是离市中心太远，早上又遇到堵车高峰，林嘉睿把林易送去公司后，几乎是踩着点进了医院。

同事徐远穿着一身白大褂，走过来拍了拍他的肩，问："你昨晚被灌了不少酒吧，今天身体怎么样？"

"早上喝了醒酒汤，已经好多了。"

徐远不无羡慕地说："有人照顾就是好。"

林嘉睿跟徐远闲聊了几句，就开始忙碌起来。

他毕业后便在这家医院上班，明明是再熟悉不过的工作环境，却总觉得一切都像是隔了一层，有种形容不出的陌生感。

林嘉睿知道自己状态不好，怕因此影响到工作，下午就跟同事换了班，提前离开了医院。

他没去公司找林易，而是开车回了趟林家大宅。

大哥早就结婚搬出去了，三哥又整天跑得不见踪影，如今只有二姐一个人住在家里。

二姐见了林嘉睿，倒是一愣，问："林医生，你这大忙人今天怎么有空回家？"

"嗯，刚好有点事。"林嘉睿竭力回想一下，记起林家老爷子已在几年前过世了，就问，"爷爷的遗物放在哪里？"

"二楼的书房啊。怎么了？"

"我要找样东西。"

林家大宅仍是林嘉睿记忆中的模样。

他熟门熟路地上了楼，推开书房的门走进去。

尘封已久的书房里有股潮湿的霉味，林嘉睿目光一扫，先从书架上找起来，翻遍了书架上的书后，又去打开了书桌的抽屉。

抽屉里多是些文件类的资料，他找了半天也一无所获。

难道不在这里？

或者……根本没有那样东西？

林嘉睿想了想，记起爷爷以前藏东西的一个习惯，就将书桌整个搬开了。

书桌与墙壁的夹缝里，果然还藏着几份文件。

林嘉睿把东西取出来的时候，听见"啪"的一声响，一本黑色硬壳笔记本掉在了地上。

他的心也跟着跳了一下。

林嘉睿小心翼翼地捡起笔记本，翻开来看。

扉页上写着一行娟秀的小字，应当是林易母亲的笔迹。

林嘉睿忽然想起在那个梦里，绵绵的细雨将林易的头发打湿了，雨水顺着他英俊的脸孔淌下来，他的声音沙哑又温柔。

他说："我后来无数次想，如果我从来没有发现这本日记，会怎么样？"

如果……

林嘉睿轻轻合上了笔记本。

许多事情没必要再去确认了。

他没有仔细看里面的内容，只将笔记本夹进那几份文件里，重新塞进了墙缝中，然后把书桌搬回原处。

书房又恢复成了原来的样子。

　　林嘉睿走出去时，正好撞上给他端茶过来的二姐，两个人都吓了一跳。

　　二姐看了看已经关上的书房门，问："东西找到了？"

　　"没，可能是我记错了，没放在这里。"林嘉睿接过茶杯，走了几步，又回过头道，"我看书房里放着不少文件，最好把门锁上吧，万一进了贼就糟了。"

　　二姐想想也有道理，就去楼下拿了一把大锁。

　　书房的门被锁上的那一刻，林嘉睿的一颗心终于安定下来，有种尘埃落定的感觉。

　　林嘉睿在林家大宅里喝过一杯茶就告辞了。

　　开车路过一家电影院时，他看见外面挂着巨幅的宣传海报，是一位知名导演的作品，大明星顾言主演的。

　　林嘉睿看看时间还早，就买票进去看了一场电影。

　　不得不说，顾言的演技尚需磨炼，但那张漂亮的脸实在赏心悦目，只当一个花瓶是足够了。

　　电影最后是俗气的大团圆结局，大家冰释前嫌了。

　　若是再年轻十岁，林嘉睿肯定要嫌弃这结局太过老套。

　　可如今的林医生呢？也不过是芸芸众生中的一个俗人而已。

　　所以他心满意足地走出了电影院。

　　电影散场时正好赶上饭点，林易已在餐厅里订好了位子。

　　林嘉睿开车赶过去，路上又遇上了大堵车，等他到君悦餐厅时，林易早已点好了一桌子菜。

"今天下班好像比平常晚？"林易一边布菜一边问。

"不是，下午请了假，跑去看了场电影。"

"好看吗？"

"还行吧，讲一对儿时旧友产生罅隙，历经波折，最后握手言和，重归于好的故事，结局还挺皆大欢喜的。"

林易夹一只虾到林嘉睿碗里，说："那也绝对比不上我们要好。"

林嘉睿只是笑笑，低下头去专心吃虾。

是，恐怕少有人像他们这样，从小一起长大，熟悉彼此如左手熟悉右手，明明没有血缘关系，也隔着四岁的代沟，但依然那么要好。

林嘉睿恨不得时光如水，一下子跳到他俩的结尾处，两个人白发苍苍，真正度尽余生了，再没有什么好怕的。

吃完饭，林易掏出钱包结账。

林嘉睿瞥见那皮夹里放着一张自己的照片。

他呼吸慢了一拍，突然伸手抢过了皮夹。

林易问："你做什么？"

林嘉睿说："例行检查。"

他翻开皮夹看了看，照片上的自己还是学生模样，眼神明亮，笑容灿烂至极。

林嘉睿屏着呼吸，与过去的那个自己对视一会儿，然后抽出照片，慢慢翻到了背面。

照片背面写着短短一行字，因为时间久远，字迹有些褪色了，但的的确确是十八岁的林嘉睿写给林易的。

林嘉睿看得眼眶发热。

林易赶紧夺了回去，道："饭桌上看什么照片？小心弄脏了。"

林嘉睿眨一眨眼睛，说："再写十张八张给你不就行了？"

林易珍而重之地将照片收起来，低声道："那不一样。"

林嘉睿没问他到底是哪儿不一样。

结过账，两人又在街上逛了一会儿，这才开车回了海边的别墅。

回去时夜色已深，这样寂静的夜里，窗外的海浪声显得格外清晰。

林嘉睿休息了一下午，到晚上反而没有睡意了，就坐在床头看窗外的夜景。

林易倚在门边，问他："在看什么？"

林嘉睿叹息道："海景很美。"

林易不由得笑了："看了这么久还没看腻？"

说完，他走进来，站在林嘉睿的身后。

林嘉睿只要转过头，就能见着他的脸。

但林嘉睿忍着没有回头，只是望住那一片平静的海，说："叔叔，昨晚我做了一个梦。"

"嗯，梦见什么了？"

林嘉睿隐瞒了一些细节，只挑能说的说了。

林易安静听着，手指仍像平常一样揉乱他的头发，问："然后呢？"

"然后我就醒了。"林嘉睿不无惆怅地说，"我不知道梦中的自己有没有走过去。"

"你走不走过去有什么要紧的？"林易说，"反正我一定会去到你身边的。"

林嘉睿的身体微微发颤。

他没有说，他真正害怕的是，眼前的这一切才是梦境。

他怕一觉醒来，自己仍是那个脾气古怪的林导演。而时间已过去太多年，他与曾经最记挂的那个人各奔东西，只能在梦里寻到一点往日的余温。

林嘉睿简直舍不得睡去。

但阵阵睡意还是袭了上来，林嘉睿的头一点一点的，慢慢闭上了眼睛。

失去意识前，他扯住林易的胳膊，竭尽全力地叫："林易……"

林易轻声应道："小睿……"

林嘉睿如被一柄利刃刺中了心脏，一下惊醒过来。

屋里的窗帘没有拉上，月光由窗外透进来，正落在他的身上。

夜色深浓，衬得那月亮又大又圆，美得惊人。

林嘉睿喘了口气，盯着窗外的月色看了会儿。

不多时，有人推门进来了："怎么半夜就醒了？"

林嘉睿拿胳膊挡着眼睛，说："我做了一个梦。"

"噩梦吗？"

林嘉睿想了想，道："正相反。"

那人走近了，在床边坐下，放轻了声音说："那再睡会儿，说不定还能梦到。"

"不会的。"林嘉睿摇了摇头，声音微微沙哑，"再也梦不到了。"

但如果在这个世界之外的某处，有另一个林嘉睿过着他梦寐以求的人生，那也值得庆幸了。

这样美的月色，扰得人不得安眠。

直到月头西沉，天际渐渐泛白时，林嘉睿才迷迷糊糊地睡了过去。

房子里的另一个人天一亮就走了，离开之前还特意来到他房间里，俯身温声道："有事打我电话。"

林嘉睿没应声，翻个身继续睡了。

这一觉直睡到了中午。

冬日的阳光暖洋洋的，林嘉睿掀被下床，趿着拖鞋走到了窗边，由十八层的公寓楼上望下去，是这个城市川流不息的车辆。

那一片温柔平静的海……终究只在他的梦中了。

林嘉睿轻轻吁了口气，进浴室洗漱一番，然后从冰箱里找出些速冻食品煮来吃了。

中途他二姐打了个电话过来。

电话一接通，他就听见二姐劈头盖脸地骂："林嘉睿，你想气死我是不是？这次的相亲对象究竟哪里不好？"

"没什么不好的，只是不合适。"

"才见过一次面，你怎么知道合不合适？"

林嘉睿小声嘀咕道："看脸就行了。"

"林嘉睿！你也不想想自己几岁了，难道打算一辈子单身？"

"看缘分吧。"林嘉睿被她嚷得头疼，说，"我还没过三十五岁，有什么好急的？"

"你三十岁前也是这么说。"二姐语重心长地道，"小睿啊，你的年纪也不小了，一转眼就……"

"二姐，我下午还有个记者会，时间快来不及了，下次再聊吧，我先挂了。"

"哎？小睿……"

林嘉睿挂断电话，总算松了一口气。

他的目光扫过通话记录，除开二姐打来的电话，最近的一条是昨天晚上的。

他没有储存联系人信息，手机上只显示了一串数字。

这是他意志力薄弱的证据——昨天新戏杀青，剧组举办了庆功宴，林嘉睿喝得有些多了，然后……他拨通了某个人的电话。

林嘉睿盯着那个号码看了看，动手将通话记录删了。

没过一会儿，助理开车过来接他了。

车子开上大路后，助理就问："林导昨晚被他们灌了不少酒吧？今天身体还好吗？"

林嘉睿揉了揉眉心，说："还行。"

"昨晚过来接林导你回去的人是谁？大家都说他比咱们这电影的男主角还帅。"

林嘉睿表情一顿，过了片刻，才轻描淡写地道："哦，是住我对门的邻居。"

助理察言观色，见他似乎不想多提此事，就扯开话题去聊别的了。

下午的记者会主要是给刚杀青的新戏做宣传，林嘉睿驾轻就熟，例行公事般地回答了几个问题。

快结束的时候，有个记者问他："林导的电影多数是悲剧结尾，没考虑过做其他的尝试吗？"

林嘉睿一愣，陡然想起了昨晚的那个梦境。

他已想不起梦中看的那场电影的具体情节了，但那种俗套的大团圆结局，竟然也令人觉得欢喜。

林嘉睿迟迟没有作声。

久到在场的人都觉得奇怪了，他才按着话筒道："或许会吧。"

谁知道呢，毕竟一辈子这么长。

记者会结束后，林嘉睿没跟大伙儿一起去吃饭，而是打车回了公寓。

因为新年将至，冷冰冰的公寓大楼里也有了点过年的氛围。

到了十八楼，林嘉睿刚走出电梯，就撞见了住他隔壁的那个人。

那人正拿着钥匙开门，见了他就招呼道："回来了？"

"嗯。"

"我刚买了些菜，要不要一起吃饭？"

"不用了，"林嘉睿随便找个借口搪塞过去，"我已经吃过了。"

"又是聚餐？"那人笑一笑，说，"以后别喝那么多酒。"

林嘉睿点点头："嗯。"

话已经说完了，但两个人都站在房门外没动。

林嘉睿借着昏黄的灯光望过去，见那人衬衫的扣子开了一颗，露出微微凸起的喉结。

昨晚他醉得厉害，但还未到失去理智的地步，他记得接自己回家的人是谁。

林嘉睿的掌心有些发烫。

那人靠在门边看着他，说："那么，晚安。"

此时说晚安未免太早，但除此之外，林嘉睿想不出能说什么。

于是他也克制地道："晚安。"

说完他就转身进了屋子。

新电影虽然已经杀青，但后期还有许多事情要忙，直到除夕前几天，林嘉睿才算给自己放了个假。

二姐早就打电话来叫他回家吃团圆饭，林嘉睿没有别的安排，就看着买了几样礼盒，到除夕那天提回了家里。

大哥跟三哥也都回来了，一家人热热闹闹地吃了顿饭。

席间，二姐又是老生常谈，抓着林嘉睿说："小睿啊，过完年你可就三十三岁了……"

林嘉睿早知道她要提这件事，忙朝三哥使了个眼色。

三哥就说："三十三岁怎么了？小睿年轻有为，现在的成功人士都喜欢晚婚。"

他边说边举起酒杯："来来来，再喝一杯。"

一番插科打诨，总算把二姐忽悠了过去。

林嘉睿吸取上回的教训，这次倒没有喝得太醉。

他虽从小在林家大宅长大，但这些年已经习惯了独居生活，晚上就没有住下来，自己走路回了公寓。

路上冷清得很，只偶尔能听见零星的鞭炮声，林嘉睿走了半个多钟头，到公寓时酒已醒了大半。

他在电梯厅又遇见了那个人。

两人打了个照面，都有些怔怔地。

那人先开口问："吃过年夜饭了？"

林嘉睿说："嗯，刚吃完回来。你呢？"

"也吃过了。"

"你一个人？"

"是，都习惯了。"

林嘉睿"哦"了一声，眼睛盯着电梯显示屏上跳跃的数字。

电梯从二十楼下来，当那个数字变作"1"时，林嘉睿忽然扭头道："陪我去附近走走吧。"

那人愣了一下，随即颔首道："好。"

公寓周边的配套设施还不错，离得不远就有一处公园，就算夜里的景致也值得一观。

两人漫无目的地往前走着，一路上也没说什么话，林嘉睿走在前边，那人稍稍落后他几步。

公园中央是孩童们玩耍的地方，这时当然也空无一人了，林嘉睿走过去看了看，说："跟我小时候玩的差不多。"

他走到秋千边上，坐下来荡了两下，接着回过头，像小时候那样叫："叔叔。"

林易便上前两步，在他身后推了一把。

秋千高高地荡起来，林嘉睿低呼一声，情不自禁地露出一点笑容。

只是那笑容太浅，如夜空中乍现的绚丽烟花般，转眼又消散无踪了。

秋千落下来时，林嘉睿双脚在地上一踩，晃晃悠悠地停下了。

林易问："不玩了？"

"嗯。"林嘉睿站起身，说，"我记得有一年在海边等日出，零点的时候有人放烟花，那一幕真是让人毕生难忘。那一刻，我心里想，要是时间能就此停住就好了。"

可惜时光一去，永不回头。

林易似乎也想起了那一日，叫道："小睿……"

林嘉睿说："记不记得有一次新电影上映，我寄了电影票给你？"

"当然。不过那次我去得晚了，赶到时，电影已经散场，只在电影院门口见到了你。"

"后来有许多次，我梦到那一天，我们谁也没有朝对方走过去。"

"然后呢？"

"然后，一生也就这样过完了。"林嘉睿仰起头笑笑，"而梦里的我并不知道自己是在做梦。"

　　林易低声道："不会的，无论如何，我总会去到你身边的。"

　　林嘉睿无声笑笑，问："当初刀疤说你要去找一样东西，找到了才会回来。你要找的是什么？"

　　林易目光沉沉，看着林嘉睿道："秘密。"

　　林嘉睿没再问下去，只是说："时间不早了，我们回去吧。"

　　回去的路上，竟还有一家杂货店开着。

　　林易问林嘉睿："要不要喝水？"

　　说着他就要去店里买水。

　　林嘉睿看着林易瘸着一条腿走路的样子，抢过他的钱包道："还是我去吧。"

　　进了杂货店，林嘉睿拿了两瓶水，付钱时翻开林易的钱包，果然看见了自己的照片。

　　一张已经发黄的旧照片。

　　学生时代的林嘉睿没心没肺地朝着他笑。

　　林嘉睿抽出那张照片，慢慢翻到了背面——他看见短短一行熟悉的字，是自己年少时的笔迹。

　　他捏着那张照片，脑海里空白了一瞬。

　　林易远远地走过来，问："水还没买好吗？"

　　已经过了立春，风里带着些暖意，轻轻地拂过面颊。

　　林嘉睿抬起头，忽然被这温柔的春风迷住了眼睛。

番外二　年少

这个秘密，

他对谁也没有提起过。

"到了。"

车子开到北峰山山脚下，缓缓停了下来。

林嘉睿靠在副驾驶座的椅背上，还有些迷糊，懒洋洋地打一个哈欠。

林易伸出手来，戳了戳他的脸颊，道："睡得都流口水了。"

林嘉睿一个激灵，连忙用手背抹了抹嘴角，旋即反应过来——自己又被林易给捉弄了。

他哼哼道："才没有！"

"昨晚没睡够？是不是又熬夜玩游戏了？"

"没……"林嘉睿悄悄避开他的视线，小声道，"我在复习功课来着……"

林易可不相信，不过也没戳穿他，只开了车门道："下车吧，我看你那些同学都已经来了。"

春风和煦。

恰是郊游野营的好时光。

林嘉睿的书包放在后备厢里，林易取出来后，顺势就提在了手上，说："我帮你拎过去吧。"

"不要！"林嘉睿忙把书包夺了过来，连声道，"我都多大个人了，还要叔叔帮着提书包，像话吗？"

林易失笑："多大个人了？你还未成年吧？"

“再过几个月就成年啦。”

“眼下还是小孩子。”

林嘉睿不服气，嘀咕道：“你比我也大不了几岁。”

“大四岁。”林易比出四根手指来晃了晃，说，“别说四岁了，就算只大四天，我也是你叔叔。”

远处传来同学们的吵嚷声。

林嘉睿待不住了，冲林易挥了挥手，故意喊他的名字：“林易——”

林易无奈地笑笑。

林嘉睿就说：“明天记得过来接我。”

“知道了，大少爷。”林易也挥挥手，“快去吧。”

书包还真有点重，林嘉睿把书包往肩膀上一撂，小跑着奔向同学们。

再过两个月就要高考了，对他们这群高三的学生来说，这是最后一次放风了——两天一夜的野营活动，白天健行登山，晚上还要扎帐篷露营。

早在几个星期前，一群男同学就炸了锅，嗷嗷叫地等着这一天。

林嘉睿有两个要好的哥们，一个叫老姚，一个叫大头。

三个人一碰着面，就先交换各自带过来的东西。

“漫画书？还是全套的？老姚你可以啊，我想买这套漫画书好久了！”

"还是小睿比较上道，最新款游戏机！这个价格不便宜吧？"

"还行。"林嘉睿嘴角扬了扬，"我叔叔从国外带回来的。"

他平日不怎么在意价格，但因是林易送的，提起来多少有些得意。

老姚和大头就"哦"了一声，很给面子地吹捧了几句，充分满足了林嘉睿的虚荣心。

集合的时间很快就到了，领队老师简单交代了一些注意事项之后，大伙儿三三两两地上了山。

这次活动美其名曰"锻炼高三学生的身体素质"，其实就跟郊游差不多，林嘉睿的书包里还塞了不少零食，一路上跟同学们分着吃了。

北峰山不算太高，两三个小时也就爬完了。

山顶建着一座古建筑，算是一处旅游景点，同学们依次进去参观了一番。

参观结束时已是下午了，大伙儿便挑一处开阔的地方搭起架子，自己动手烧烤。

都是一群半大不小的学生，烤出来的东西不是生了就是煳了，但因是自己的劳动成果，吃起来格外有滋味。

酒足饭饱之后，男生们迎来了一个扫兴的消息——原来所谓的野外露营，不过是在古建筑的大厅里搭几座帐篷睡觉，女生们则是睡空房间。想象中的草坪、夜空、星星……统统成了泡影。

老姚他们大受打击，在帐篷里骂骂咧咧的时候，班长过来探了探头，道："发照片了。"

"什么照片？"

"前几天拍的毕业照。"

班长边说边递过来几只信封袋，都写着各自的名字。里面有大的集体合照，也有几张证件照。

班长反复提醒别把证件照弄丢了："准考证上要用的。"

林嘉睿取出自己的那几张照片看了看。

他拍照时穿了校服，头发刚刚剪过，眼神亮晶晶的，青春洋溢。

老姚凑过来看了一眼，说："小睿的照片拍得不错啊。"

大头就说："好看的人拍什么照都好看。"

老姚突发奇想，道："马上要毕业了，以后各奔东西……不如我们交换一下照片吧？"

大头顿时起了一身鸡皮疙瘩："你是小姑娘啊，矫不矫情？"

老姚不理他，问林嘉睿："小睿，换不换？"

林嘉睿不知想起什么，微微笑道："不换，我留着有用。"

"干吗用啊？"

林嘉睿说："送人。"

老姚跟大头一下来了精神，追问道："送谁啊？"

接着，他们一连串说了好几个名字。

林嘉睿由得他们乱猜，哼着歌把照片收好了，坐下来铺床叠被。

三个男生睡一个帐篷，多少有些挤了。老姚闷得睡不着，在铺位上翻过来又翻过去，翻得另外两个人也没睡意了。

大头干脆道："反正睡不着，不如聊聊天吧。"

老姚问："聊什么？"

"聊……星星？你为了在女生面前显摆，不是研究了好久的星座图吗？现在露两手呗。"

老姚气得一脚踹过去："滚！"

这两人爱闹腾也不是一天两天了，林嘉睿笑眯眯地在边上听着，等他们闹得差不多了，才出声打圆场："行了行了，聊些正经的。"

大头就说："那聊高考？"

"平常压力就够大了，能不能让我歇口气？"

"聊考上大学后的事？老姚你准备报考嘉大是吧，听说嘉市出美女啊。"

"呵呵。"老姚立马反击回去，"你自己还不是专挑女生多的学校！"

"那也比你好些。"

"得了，考不考得上还两说呢。"

两个人互相吐槽完了，才把话题转到林嘉睿身上来："小睿，你呢？"

"嗯？"

"你真的打算考医大？"

"当然，这是我的第一选择。"

"凭你家的条件，学个经济管理不好吗，何必这么辛苦跑去学医？"

林嘉睿笑笑，说："我就是想当医生啊。"

老姚忍不住问："有没有特别的原因？"

林嘉睿顿了一下，直言道："有。"

"是什么？"

林嘉睿却不回答了。

他有些犯困，嗓音里便带了点鼻音，许久之后才低声吐出两个字来："秘密。"

一夜好梦。

山里的清晨来得特别早，一群学生便也早早起来了。

大伙儿在饭堂里吃过五谷杂粮粥，又接受了一番思想教育，中气十足地喊过几句口号之后，本次野营活动就宣告结束了。

林嘉睿顺着原路下了山，远远地瞧见林易的车停在山脚。

他拎着书包晃过去，屈起手指敲了敲车窗，一声"叔叔"刚喊出口，就见车窗降了下来。

车里坐着的，是他们家的司机老张。

"张叔？怎么是你？"林嘉睿四下张望一番，问道，"林易呢？"

老张开门下车，帮林嘉睿提上书包，说："出差去了。"

"说好了来接我的，怎么又出尔反尔！"

老张笑道："分公司那边出了点事，他走得比较急。"

"爷爷让他去的？"

"嗯。"

林嘉睿知道只要爷爷开口，林易是肯定没法拒绝的，便暂时在心底原谅了林易。

不过他多少有些气闷，上车之后也不说话，只翻出刚拍的那几张照片来看了看。

本来林易来接他的话，他还打算……

算了算了。

林嘉睿开了半扇车窗，任凭温柔的春风揉乱了他的头发。

车子很快就到家了。

别墅里空荡荡的，家里人都不在。

林嘉睿上了楼，路过林易的房间时，特意进去瞥了一眼，发现他房间里乱糟糟的，显然是急着收拾行李，胡乱翻了一通。

真是，多大个人了，也不会照顾自己！

林嘉睿想到这里，原本生着的那些气，霎时间烟消云散了。

他回到自己的房间，又翻出那几张照片来，仔细挑了一挑。

其实那些照片是一模一样的，但他总觉得冲印的品质不同，能分出一些好坏来。

他挑拣了半天，终于找到一张最满意的，美滋滋地放在了书桌上。

他又从笔架上取过一支笔，认真又专注地在照片背面写下了一行字。

微风暖融融地吹进来。

林嘉睿自己欣赏了一下，发现这张照片确实拍得挺好。

就……恩准林易放在皮夹子里吧。

昨晚老姚他们问他为什么要当医生，他没有给出答案。

257

这个秘密，他对谁也没有提起过。

但是将来，等他真正考上医大，穿上了梦寐以求的白大褂时，他或许会告诉那个人吧。

这世上重视他的人实在太少，所以，他要竭尽所能地守护这一切。

他盼望自己所珍爱的每一个人，都能平安喜乐，无病无忧。

尤其是你呀，叔叔。

番外三　水草

林易试图挣扎了几次，
但他在湖底待得太久，很快就将力气用尽了。

风吹得人心烦意乱。

林易开了半扇车窗，开着车漫无目的地在市区乱转。

副驾驶座上躺着一个硬壳笔记本，纯黑色的封面，一看就有些年头了——这是他过世的母亲留下来的日记。

林易后悔翻开了这本日记。

或者说，他后悔前几天出差的时候，在隔壁市遇上了母亲的旧友。

如果不去追寻真相就好了，他仍旧是那个意气风发的林家幺子，虽然母亲早逝，但从小最得父亲的宠爱。

而且……

而且还有小睿。

林易想到这里，只觉得头疼欲裂。

日记本上母亲秀丽的字迹，又一个一个地跳进了他脑海里。

原来，他根本就不是林家的孩子！

他的生父因为生意失败，走投无路之下跳楼了。

多年后，他的母亲得知真相，同样从高楼上一跃而下。

而造成这一切的罪魁祸首，正是他喊了二十多年"父亲"的那个人。

他怎么还能再回林家？

他怎么还能若无其事地……面对他的仇敌？

天色渐渐暗了下来。

林易一踩油门，车子便朝着郊外飞驰而去。

林易也不知道自己开了多久的车，眼前的景色变得越来越陌生，脑海里许多念头纷至沓来。

他一会儿觉得，远远地离开林家就够了，一会儿又认定，血债唯有以血来偿。

就在这时，路边忽然窜出来一条黑影。

林易的车速已经提到了最高，此刻根本来不及踩刹车，只能急打了一下方向盘，险险避了过去。

只听"嘭"的一声，车头撞在了路边的一棵树上。

林易有数秒钟的晕眩。

过了一会儿他才回过神来，抬手摸了摸额角，发现额头上流血了。

好在伤得不重，仅是擦破了点皮。

他也不去处理伤口，就这么开门下了车。

四周一片荒凉，山林的风呜呜吹着，像是某种哭声。

林易认不出自己身在何地，也懒得去辨认方向，只随兴往前走着。

走了一段路，眼前豁然出现一座大湖。

湖水凌凌，在月光的映照下，反射着冷漠的光。

林易突然觉得走不动路了。

他就在湖边坐了下来，探手入怀，取出了随身带着的皮夹。

皮夹里有一张照片，是他出完差回来时，林嘉睿硬塞给他的。

照片上的林嘉睿穿一身校服，刘海才刚剪过，露出一双漂亮的眼睛，即便在这样冷淡的月色下，他眼底也像是含着光。

林易的手指动了动，想要取出这张照片。

但碰触到林嘉睿的面孔时，他脑海里蓦地跳出满地鲜血。

那是他母亲跃下高楼时的画面。

林易如被毒蛇咬了一口，急忙收回手来。

皮夹从他手中滑脱，"扑通"一声，落进了湖水中。

因着浮力的关系，皮夹并未立刻沉下去，林嘉睿的照片便在水中载沉载浮。

林易始终坐着没动。

湖水温柔沉静，却又如此无情，不过片刻工夫，就将照片上粲然微笑的林嘉睿⋯⋯彻底吞噬了。

林易从梦里醒来时，月光正照在他的脸上。

——月色清冷寂寥，一如多年之前。

他忽觉睡意全无，披上衣服下了床。

他住的是酒店的套间，黄毛还在外间熬夜打游戏，手机上画面绚丽，看得人眼花缭乱。

林易轻咳一声。

黄毛吓了一跳，差点把手里的手机摔出去。

回头见是林易，他才定下神道："老大，你怎么这个点就起来了？"

"睡不着，起来走走。"

黄毛绝对是最称职的小弟，连忙问："要不要吃个消夜？"

林易摆了摆手，兀自在沙发上坐下了。

黄毛见他有些发愣，便小心翼翼地凑过去，道："对了，刀疤哥寄了样东西过来。"

他们这次不算出远门，离原来住的城市不过几个小时的车程，有什么东西需要特意寄过来？

林易心中疑惑，接过来一看，是薄薄的一枚信封。

信封里，装着一张电影票。

是林嘉睿的新电影。

因是首映礼的票，故而制作得颇为精美，醒目处用花体字印着林嘉睿的名字。

林易的手指不由自主地抚过那几个字。

黄毛在边上解释道："刀疤哥在老大你家的信箱里发现的，他猜是小少爷放进去的，所以赶紧寄过来了。"

离电影上映没剩几日了。

黄毛问："我们是不是先回去一趟？"

林易仍旧看着电影票上印着的名字，微微露出一点笑容，却说："不回。"

"啊？"黄毛愕然道，"这可是小少爷特意送的……"

林易当然知道，不过……

他瞥了黄毛一眼，问："忘记我出门前说过的话了？"

"记得。"黄毛像背书一样答道，"老大你说过，找到了那张照片就回去，如果……如果找不到，就……"

林易笑了笑，轻描淡写地接了话："就一辈子不回去了。"

反正一生这么短，转眼也就过完了。

黄毛嘴上没说什么，心里却想：怎么可能找得到？十多年前扔进湖里的照片，如今连那湖在哪儿都不知道了。沧海桑田，也许早填平了呢？就算湖还在，那照片不得烂了啊？

但是老大要找，他也只得奉陪了。

第二天，两人照例起了个大早，开着车到处转。

林易记不清那座湖的具体位置了，只能凭着大致印象，一处一处地去确认。

前段时间天天都是跑个空，但是这一天，黄毛开车拐进一条乡间小路时，林易心中突的一跳。

他抬了抬手，轻轻按在胸口的衣袋处。

林嘉睿寄来的那张电影票，被他妥帖收藏，就放在最靠近心脏的位置。

乡间的小路越来越崎岖，黄毛一脚踩下了刹车，回头道："老大，没路了。"

"下车吧，"林易直接开了车门，道，"接着往前走。"

时间仿佛倒转回了那个夜晚。

林易越往前走，越觉得四周的景色眼熟。

终于走完一段路后，眼前豁然开朗，现出来一座大湖。

日光下，湖水波光粼粼，温柔且平静。

林易一下定住了脚步。

倒是黄毛骂了句脏话，喃喃自语道："真的有啊！"

他还以为自家老大是在发神经，到处找一张丢失十年的照片，没想到还真的有这样一座湖。

不过，就算照片当真沉在湖底，要怎么捞？

黄毛努力开动脑筋："这需要专业设备和专业人士吧？老大，我去喊人？"

林易仅是"嗯"了一声，由得他去安排了，反正都是花钱就能办妥的事。

黄毛办事还算得力，很快就联系上了一些朋友，匆匆折回去开车。

林易独自留在湖边，目光始终被湖水吸引着。

当然找得到专业人士，将这湖底都翻上一遍。

但是，不一样的。

他亲手丢弃的照片，理当亲自找寻回来。

林易的水性算很不错了，刚下水的时候，他甚至并未觉出冷意。

湖底环境复杂，到处都是淤泥、水草以及各种各样被人丢弃的物件。

林易睁大眼睛，一样一样地辨认过去。

他记得自己的皮夹是什么款式的，也记得照片上的林嘉睿是怎样微笑的，他……

连续几次下水之后，林易的神志有些模糊了。

他只一心一意地找寻某样东西，却不知自己要找的，究竟是那张照片，还是被他刺得遍体鳞伤的那个人。

终于，眼前出现了熟悉的物品——被他丢弃的那只皮夹，安静地躺在一片淤泥里。

林易精神一振，奋力游了过去。

眼看着就要碰着那只皮夹时，他却觉得脚底发沉，似乎被什么东西给绊住了。

他回头一看，才发现脚踝处裹上了一团水草。

林易试图挣扎了几次，但他在湖底待得太久，很快就将力气用尽了。

溺水的窒息感汹涌而来。

皮夹始终在触手可及的地方。

那张照片还在吗？

照片背面的字迹是否早已模糊？

想到照片上粲然笑着的林嘉睿，林易突然觉得并无遗憾了。

他缓缓收回手来，碰了碰藏在胸口的那张电影票。

电影是哪天上映来着？

明天，还是后天？

他应当赶得回去吧。

哪怕赶到时电影早已散场，哪怕只能隔着一条马路遥遥相望，他必定……还是会朝着林嘉睿走过去的。

番外四　到老

那藏在乌黑发丝中的，果然是一缕白发。

灯红酒绿。

舞池里的灯光斜掠过来，斑驳陆离的，晃得人一阵目眩神迷。

林嘉睿窝在最角落的位置里，但仍不时有人过来找他喝酒。

他来者不拒，酒到杯干，自己也记不清究竟喝了多少杯了。

最后是大头和老姚挨着他坐下了，把过来敬酒的人统统挡了回去。

林嘉睿斜睨着他俩，说："干吗？保镖啊？"

"不看着你点，你还不得喝死过去啊？"老姚气呼呼地道，"也不想想自己多少岁了。"

他几岁？三十三岁，也不算太老吧？

林嘉睿失笑，说："不知是谁天天给我打电话，非要我来参加同学会。"

"那是没想到咱们小睿这么受欢迎。"大头很有点与有荣焉的意思，道，"不过也对，大名鼎鼎的林导嘛，谁不想跟你搞好关系。"

"都是些乱七八糟的人！"老姚说，"下回还是私底下聚一聚得了。"

林嘉睿继续喝着杯中的酒，说："只怕你俩没有时间。"

他这两位挚友，如今都是家庭美满、事业有成，想找机会小聚一下也不容易。

"再忙也比不上林导你啊。"

"就是！听说你前不久又在国外拿奖了？啧啧，当初一直以为小睿会当医生的，没想到……"

林嘉睿但笑不语。

一晃就十多年过去了，会来参加同学会的人，多半混得不算太差。

至于他呢，日子过得不算好也不算坏，虽然总有心气难平的时候，但仔细想想，世上又有几个人能事事顺心遂意？

慢慢地，他也就学会了放下。

林嘉睿又叫了两杯酒来，跟老姚他们一边喝酒一边闲聊。

聊着聊着，大头当笑话似的提起一件小事："几年前，有人找上门来，问我买一张小睿高中时的照片，还开了个吓死人的高价。"

老姚眼睛一亮，用手比画道："是不是毕业时拍的证件照？"

"对对对，你也遇上了？"

"是啊，我当时还纳闷呢，那人要小睿高中时的照片干什么？"

"应该是那个吧？狂热粉丝什么的。"

"啊？导演也有粉丝啊？"

"谁叫我们小睿一表人才又才华横溢呢。"

听到"照片"两字，林嘉睿已知他们指的是哪件事了。

从前刻骨铭心的存在，如今倒能一笑置之了，他甚至开玩笑道："所以呢？你们卖了没有？"

大头坚决否认："当然没有！"

老姚则实话实说："就算想卖也没有啊，你又没跟我们交换照片。"

"对了，我记得小睿当时说要送人的，后来送了没有？"

林嘉睿静了一下，说："送了。"

"结果呢？"

林嘉睿笑了笑，反问道："送了就够了，还要什么结果？"

他的心意送出去，别人珍惜或者不珍惜，那就是别人的事了。

这顿酒直喝到半夜才散。

林嘉睿打车回家，下了车被冷风一吹，顿时觉得头重脚轻，连额角都刺痛起来。

莫非真是年纪大了，身体经不住折腾了？

林嘉睿一边苦笑，一边进了电梯。

他住的公寓是一梯两户的，到了楼层一出电梯，楼道里的感应灯就亮起来。

林嘉睿还没摸着自己家的门锁，对面邻居家的门就先开了，有道人影靠在门边站着，跟一个影子似的。

林嘉睿掀了掀眼皮，说："不用看了，我已经安全到家了。"

林易说："给你打过两个电话。"

林嘉睿"哦"了一声，道："酒吧里太吵，我没有听见。"

"下回我去接你。"

林嘉睿连连摆手，取出钥匙来开门，但试了几次都没对准锁孔。他身体轻飘飘的，有些站立不住。

271

怎么回事？

手中的钥匙"当啷"一声落在地上，林嘉睿脚底发软，只觉一阵天旋地转。

随后，一双手臂接住了他。

林易问："喝多了？"

林嘉睿含糊道："还行。"

他酒量早练出来了，应该不至于这样差。

林易没出声，只握了握林嘉睿的手腕，随即手掌覆上他的额头，最后断言道："发烧了。"

啊？

林嘉睿愣了一下。

印象中，他好久没生过病了，上一次进医院，已是好几年前的事了。这回不过喝一顿酒，怎么就病了？

生了病的人，思维就变得特别迟钝，林嘉睿还在琢磨着喝酒的事，林易已经开了门进屋，收拾了一下东西，就带着他赶去了最近的医院。

这个时间点，医院里仍是灯火通明的。

林易替林嘉睿挂了急诊，上来先抽一管血。

好在病得不重，就是普通的病毒性感冒，再加上喝了点酒，病情来势汹汹。

医生给开了点滴，林易忙进忙出地办完手续，趁着林嘉睿输液的空隙，又去附近超市买了不少东西。

林易的腿留下了后遗症，走路始终有些跛，提着大包小包走回输液大厅时，样子莫名好笑。

林嘉睿靠坐在冷冰冰的座椅上，忍不住笑了一下。

林易走到近前来，问他："笑什么？"

林嘉睿没有答话，看着林易一样一样地从塑料袋里拿出东西来。

吃的喝的样样齐全，甚至怕他无聊，连玩的都买了。

林易抽出一个靠垫来，塞在林嘉睿腰后。

林嘉睿舒舒服服地靠上去，指着最后剩下的热水袋，问："这个干吗用的？"

林易道："等着。"

他转头去开水房灌了热水，又用毛巾一层层裹上了，垫在林嘉睿输液的右手下面。

林嘉睿这才懂了，没想到如今还有这样老土的手段，不由得"扑哧"一声笑了出来。

林易望他一眼，问："今天怎么特别爱笑？"

林嘉睿早就找好了借口，说："生病了啊。"

生病的人是有特权的，放纵一些也无妨，就算偶尔言语失当，那也都是生病的错。

林易在林嘉睿身边坐下来，说："生病了还喝这么多酒？"

"我是真的不知道，不然就不去应酬了。"

"粗心大意。"林易念叨了一句，又将自己的外套盖在林嘉睿身上，问，"同学会……怎么样？"

"挺好的，十几年没见了，大家过得都不错。"

"你……"

林易本想问，那你呢？末了，又硬生生打住了，心想何必多此一问？

时间已到凌晨。

林易探了探林嘉睿额头的温度，说："困了就睡一会儿。"

林嘉睿却道："饿了。"

林易连忙起身："我去买点吃的。"

好在小卖部是二十四小时营业的，林嘉睿打着哈欠看林易掏出钱包买东西。

如今手机支付大行其道，许多人的钱包都已束之高阁，林易的皮夹却整天不离身。

林嘉睿知道里面放着什么。

但他再没有打开来看过。

他甚至没问，林易从哪里找回来的那张照片。

许多事情不必说破，稀里糊涂地，也就过完一生了。

林易买了一碗小馄饨回来。

林嘉睿吃完之后，果然开始犯困了。

他眼皮沉沉，歪着脑袋靠在林易的肩上，正昏昏欲睡间，忽然瞥见了一抹银白。

林嘉睿一下清醒过来，使劲揉了揉眼睛，再看时，那藏在乌黑发丝中的，果然是一缕白发。

林嘉睿不由得喊道："叔叔……"

出乎意料的，嗓音竟有些沙哑。

林易问："怎么了？"

林嘉睿指了指他的发顶，说："长白头发了……"

林易倒没当一回事，道："长了就长了，都这个年纪了，有什么好稀奇的？"

林嘉睿虽然也常自嘲老了，但真正面对这个字眼时，又觉得心中气闷，不服气道："你不过大我四岁而已。"

林易笑了笑，眼波如水，温言道："就算只大四天，我也永远是你叔叔。"

林嘉睿一下没话讲了。

他心头发酸，重新靠回林易肩上，说："我睡一会儿。"

林易伸手覆上他的眼睛，说："睡吧，等挂完了水我再叫你。"

输液的右手下还垫着热水袋，一点也不怕着凉。

林嘉睿闭上眼，想起自己去参加同学会，大家打完了招呼，总要问上一句，这些年过得怎么样？

他的梦想始终未能实现，过得自然不算太好。

但是，应当也不算太差吧？

番外五　晚安

他啊，老毛病了，
就是爱跟自己较劲。

早上 7 点，林易准时醒了过来。

简单洗漱过后，他便直接奔向了厨房。

黄梅雨季又闷又热，搅得人胃口全无，所以林易早就计划好了，早上简单做个鸡丝凉面。

面条过水烫熟即可，鸡丝、黄瓜丝、火腿丝等配料准备起来也方便，关键还是在酱汁上。

林嘉睿爱吃酸甜口味的，最好再带一点点辣，林易调了半天，才算调出满意的口味来。

面和配料摆盘放好，再淋上浓郁的酱汁，看着确实色香味俱全。

林易估摸着时间差不多了，便端上凉面去了隔壁。

没想到他还没敲门，门已自己开了，林嘉睿一头冲了出来。

林嘉睿穿白衬衫配牛仔裤，手中拎着双肩包，一副急着出门的模样。

林易问："今天不是下午才开工吗？"

"临时要加拍一场戏。"

"那吃了早饭再走吧，不然一会儿又得胃疼了。"

林嘉睿摆摆手："来不及了。"

他一边说，一边却朝林易端着的盘子望过去。

林易会意，笑说："鸡丝凉面。"

"什么味道的？"

"酸甜。"

"辣吗？"

"微辣。"林易道，"要不吃两口再走？"

林嘉睿微微颔首："只能吃两口，时间来不及了。"

五分钟后，面碗见底。

林嘉睿嘟囔着"真的来不及了"，急匆匆往外面赶。

林易在他身后问道："中午想吃什么？"

林嘉睿头也不回，道："不用了，没胃口。"

林易无奈地摇摇头，收拾了一下碗筷，顺便再打扫了一下林嘉睿家中的卫生，然后才开始琢磨午饭的菜谱。

上午的时间过得飞快。

林易忙碌了半天，总算准备好了午饭，匆匆赶往片场时，已经中午 12 点了。

林嘉睿这几天拍的都是棚景，但是林易到了摄影棚一看，大伙儿都没开工，现场静悄悄的，所有人都一副大气不敢出的样子。

林易没见着林嘉睿，只找到了他的小助理，问："你们林导呢？"

"在休息室。"

"怎么没开工？"

"林导刚才发脾气了。"小助理比画了一下，说，"大发雷霆。"

林易能想象那场景，问："有人不配合工作？"

"大家都挺配合的，就是拍出来效果不好。"

林易立刻懂了："他啊，老毛病了，就是爱跟自己较劲。"

小助理眼巴巴地望着林易，问："林先生，你能不能去看看？"

林导发起脾气来，也就眼前这位林先生能哄好他了。

林易笑了笑，提着保温盒去了休息室。

林嘉睿的休息室在尽头那一间。

林易敲了敲门，里头传出来冷冰冰的一个字："滚。"

林易还是推门而入。

林嘉睿听见有人擅闯，马上一记眼刀飞过来："我说了想静一会儿。"

林易拎了拎手里的保温盒，说："送外卖的。"

林嘉睿抬头见是他，脸色这才和缓一些，道："没胃口，吃不下东西。"

林易走过去道："看过了菜色才知道有没有胃口。"

"如果还是吃不下呢？"

"那我原样提回去。"

林嘉睿妥协道："行吧，那就看一眼。"

林易打开保温盒，一层一层地拿出来。

第一道菜，丝瓜酿虾仁。

好吧，是他喜欢吃的。

第二道菜，酥炸小黄鱼。

行，也是他喜欢吃的。

第三道菜，翡翠豆腐汤。

得了，都是他喜欢的。

刚刚还没胃口的林嘉睿莫名觉得肚子饿了起来。

而林易已递了筷子给他，说："吃吧。"

林嘉睿只好认输，一边吃东西，一边抱怨这恼人的黄梅雨季。

反正他工作不顺、情绪不佳，统统都是天气的错！

林易安静地听着，等林嘉睿的脾气发得差不多了，才问他："吃饱了吗？"

"唔……"林嘉睿看一眼已经清空的保温盒，说，"还行。"

"心情好一点没有？"

"马马虎虎。"

"晚上回家吃饭？"

"不回了，今天要赶进度，可能半夜才能收工。"

"那收工了早点回去休息。"

"知道了。"

林嘉睿连连挥手，开始赶他离开了。

饭都吃完了，这送外卖的还不走？

林易笑了一下，伸手揉了揉林嘉睿乱翘的头发，很快便提上保温盒走了。

下午，林易干了一些正经事，打理了一下自己名下的产业。

因为不必准备晚饭，他就随便在外面吃了碗面，等回到家时，已经是晚上 10 点了。

他先去隔壁林嘉睿家里看了看，没想到林嘉睿早就回来了，也没有开灯，就这么躺在沙发上，双目紧闭着，似乎睡得正熟。

究竟累成什么样了，这样都能睡着？

林易轻轻走过去，晃了晃林嘉睿的肩膀，道："小睿，到房间里睡吧。"

林嘉睿翻了个身，继续呼呼大睡。

林易无奈。

这么睡上一个晚上，明天起来肯定得腰酸背疼。

他只好活动了一下老胳膊老腿，将林嘉睿背了起来。

林嘉睿身材适中，但这段时间有点儿被林易喂胖的趋势，背起来还挺沉的。

林易的一条腿受过伤，留下了些许后遗症，背着林嘉睿快走到房间门口时，那条腿忽然使不上劲了。

他整个人往前一扑，差点将林嘉睿摔出去。

林易的第一个念头就是护住林嘉睿，结果自己的膝盖磕在了桌角上，钻心似的疼。

等他缓过了劲，侧头一看，背上那人磨了磨牙，睡得正安稳。

林易觉得有些好笑，腾出一只手来戳了戳林嘉睿的脸颊，说："要是没人照顾你，你这日子得过成什么样？"

说完之后，他又费了不少力气，才把林嘉睿扛上床。

房间里开了空调，林易调好了温度和风速，又给林嘉睿盖上一条薄被，才满意地放下心来。

他正准备转身离去，却听见林嘉睿呓语般地喊了一声："叔叔……"

林易脚步一顿。

他听见林嘉睿低声说了一句话，却不能确定，林嘉睿是清醒着的，还是仍在梦中。

　　而他也并没有回头确认，仅是关了壁灯，快步走出了房间。

　　轻轻阖上房门之后，林易才觉得掌心发烫。

　　他在门口站了一会儿，隔着一扇薄薄的门板，轻声对林嘉睿道："小睿，晚安。"

番外六　愿望

这一生也就过完了？

会不会不知不觉，

"叮咚——"

林嘉睿前一天工作到凌晨才睡下，一大早被门铃声吵醒时，起床气立马发作，一边挣扎着爬起来开门，一边准备黑脸骂人。

结果房门一开，他自己先愣住了。

门外站着一个小小少年，乌黑短发，白嫩脸颊，大眼睛水汪汪地瞅过来，看得人火气全消。

这是谁家小孩儿迷路迷到他家门口了？

林嘉睿正待发问，就见他三哥林嘉文探头探脑地从楼道里转出来，挠着头招呼道："小睿啊……"

"三哥，你怎么来了？"

"嗯嗯，"林嘉文扭扭捏捏地上前两步，"有件事拜托你帮忙。"

"什么事？"

"这小鬼……"林嘉文将那小孩儿往林嘉睿怀中一推，"帮我照顾一天。一天就好！我晚上就来接走。"

林嘉睿茫然了一下，问："这谁家的孩子？"

"我的。"林嘉文语出惊人。

"哥你不是没结婚吗？"

"是啊。"

"哪里来的孩子？"

"我也很好奇。"

284

"孩子的妈妈呢？"

"我正要去追。"

这一串对话下来，林嘉睿觉得十分荒诞可笑。

这是什么乱七八糟的剧情啊？比他拍的电影还要狗血！

而林嘉文已经朝他挥了挥手，道："小睿，那就拜托你了。"

说完，他飞快地冲向楼梯。

"喂喂，我还没答应……"

林嘉睿正打算追上去，那一直没出声的小孩儿忽然握住了他的手，软声唤道："叔叔。"

林嘉睿听见这个熟悉又陌生的称呼，忽然像被人轻轻拨动了心弦。

就在他愣神的间隙，林嘉文早就跑得没影了。

林嘉睿只好叹一口气，俯下身与那小孩儿对视，说："对，我是你叔叔。你叫什么名字？"

"林洋。"

"几岁了？"

林洋伸出五根手指。

五岁了啊，那也不算太小了，应该能自己吃饭喝水上厕所了吧？

只是照顾一天的话，或许不算太难？

半个小时后，林嘉睿家中鸡飞狗跳。

他一边感慨"太难了，太难了"，一边敲响了邻居家的房门。

摊上这种"小恶魔"侄子，总不能只让他一个人受苦吧？

林易来开门时，手里还拿着锅铲，道："你今天是休息吧？中午想吃……"

后面几个字自动消音了。

林易蹙起眉头，盯着林洋仔细看了一会儿，说："私生子？"

林嘉睿被他气乐了，道："我哥的孩子。"

说着，他一把将林洋拎了进去。

按辈分来说的话，这小家伙应该叫林易什么来着？

林嘉睿还没想明白，林洋已经仰起小脸，甜甜地喊道："叔叔好。"

林易揉了揉林洋的脑袋，转头对林嘉睿道："比你小时候可爱。"

林嘉睿冷笑："呵呵。"

不过他也懒得纠正他们，十分自然地在沙发上躺下了，道："我要补个觉，这小鬼……"

"行了，"林易道，"我来应付吧。"

不得不说，林易照顾小孩还真有一套，林洋到了他的手里，忽然就变得服服帖帖了。

中午他还炒了一道牛肉烩饭，色香味俱全，林洋吃得碗底都快翻过来了。

林嘉睿不禁佩服道："哪里学来的手段？"

林易冲他笑笑："经验丰富。"

林嘉睿认真回想了一下，自己小时候……好像也挺调皮的？

补过一觉之后，林嘉睿精神总算恢复了不少，下午便带着林洋出门了。

目的地是林洋自己挑选的——本市最大的游乐场。

林嘉睿有许多年没来过这种地方了，进去一看，新鲜玩意儿还挺多的，便大手一挥说："随便玩吧，我请客。"

林洋立马说："我要玩摩天轮！"

"可以。"

"叔叔陪我一起坐。"

林嘉睿指了指林易，道："让这个叔叔陪你……"

谁知林洋左手捉着林嘉睿，右手又拉住了林易，道："两个叔叔都要。"

哎？

林嘉睿愣了一下。

而林易已经笑道："走吧。"

随后三人就像一串糖葫芦似的，大的串着小的，小的又串着大的，一溜儿往摩天轮那边走去了。

因为是工作日，排队的人并不多，很快就轮上他们了。

林洋依旧一手牵着一个，像个小大人一样，安排两个叔叔坐在他身边。

摩天轮缓缓升起。

林嘉睿正看着窗外风景，忽听林易道："上一回坐摩天轮，也是跟你一块儿。"

"啊……"林嘉睿当然记得，嘴上却说，"有吗？多少年前的事了，我都记不清了。"

他跟林易曾经阔别十年之久，重逢之后，又是五六年过去了，会不会不知不觉，这一生也就过完了？

林易欲言又止。

林洋却突然打断他们道："嘘，不要说话！"

他一脸严肃的表情，道："摩天轮升到最高点时，许下的愿望最容易实现。"

说完，他闭上眼睛，像模像样地许了个愿。

林嘉睿看得好笑，忍不住问林洋："你有什么心愿？"

林洋老气横秋地瞥他一眼，道："叔叔不知道吗？愿望说出来就不灵验了。"

哪里来的歪理邪说啊。

林嘉睿不由得腹诽，都是骗小孩的话。

从摩天轮下来后，林嘉睿又问林洋："还想玩什么？"

"过山车、海底世界、冲浪大冒险……"林洋一口气报出一串来。

林嘉睿听得头都大了："不会都要叔叔陪着你玩吧？"

"当然。"林洋笑颜灿烂，"我是小朋友嘛。"

接下来的大半天，林嘉睿充分体会到陪小孩子玩到底有多累人了。

当然，林洋自己也累得够呛，正玩着碰碰车呢，都能头一歪就睡着了。

睡着的小孩儿沉得像头小猪，抱是肯定抱不动了，林易就说："我来背吧。"

林嘉睿白他一眼，道："你那条腿都那样了，怎么背？还是我来吧。"

林易闻言，轻声笑笑。

林洋趴到了林嘉睿的背上，依旧呼呼大睡。

林嘉睿有些担心："不会沾到口水吧？"

林易提醒道："是你亲侄子。"

林嘉睿哼哼两声，说："也不知道三哥什么时候来接他。"

夕阳西下，将三人的影子都拖得长长的，某些时刻，仿佛交叠在了一起。

林嘉睿扭头看了看，林洋睡得小脸红扑扑的，确实挺可爱。

他便喊了一声："林易。"

"嗯？"

"这小鬼……真的比我小时候可爱？"

林易失笑。

隔了一会儿，风里才送来他的低语："……假的。"

林嘉睿许多年没穿过西装了。

他天生一张娃娃脸，虽然已到了三十来岁的年纪，但西装往身上那么一套，始终有几分别扭。

他这次是被赶鸭子上架——他三哥林嘉文结婚，非要拉着他当伴郎。

至于他三哥是怎么追上三嫂的，其中的狗血曲折，拍一部电视剧都绰绰有余。

考虑到兄长的幸福来之不易，林嘉睿才勉为其难帮这个忙。

不过到了婚礼当天，林嘉睿总算知道当伴郎有多累人了——

一大早先是跟着车队去接新娘，两位伴娘很尽职地守着大门，并出了不少"考题"刁难新郎。这时候当然轮到林嘉睿上场了，过五关斩六将，并撒出无数红包之后，总算是接到了新娘子。

接下来众人又马不停蹄地赶回林家大宅。

林嘉睿的父母早已过世，但上面的亲戚长辈还有不少，光是认亲就让人头大了。

好不容易熬到中午，林嘉睿刚坐下来吃了口饭，他二姐就踩着高跟鞋"蹬蹬蹬"地冲过来了。

"姐，"林嘉睿扫她一眼，笑说，"你今天真漂亮。"

"漂亮有什么用？"二姐妆容精致，手指轻轻抚过裙摆，说，"又不是我结婚。"

"那你赶紧找一个？"

"哎呀，谁跟你扯这个了？"二姐在林嘉睿身边坐下来，紧紧挨着他道，"小睿啊，今天你三嫂的那两个伴娘，你有没有看见？"

这问的什么话？他一个当伴郎的，能看不见伴娘吗？

林嘉睿好笑道："当然看见了。"

"那你觉得……高个子的那个姑娘长得漂不漂亮？"

林嘉睿顿时警觉起来："人家漂不漂亮，跟我有什么关系？

姐，你不会又想给我做媒了吧？"

二姐冷笑一声，道："我倒是想做媒，可是人家看得上你吗？"

"是是是，"林嘉睿点头道，"肯定看不上。"

二姐气得跺脚："你这臭小子，怎么缺心少肺的！"

林嘉睿被她骂得一头雾水。

二姐指了指不远处充当背景板的某人，问："那家伙跟来干什么？"

林嘉睿的目光扫过去，见林易今日也穿了正装，身姿挺拔地立在那里，剪裁合体的西装衬得他腰线越发分明。

林嘉睿多看了两眼，才慢慢地收回视线，道："他啊……之前帮着我带了一天洋洋。洋洋好像特别喜欢他，非要邀他来参加婚礼。"

二姐眉头皱得更紧，道："你知道吗，我刚才提到的那个伴娘，在到处打听林易的事。"

林嘉睿怔了一下，才反应过来："那个女孩看上林易了？"

二姐气呼呼地道："也不知现在的女孩都是怎么回事，眼光也太差了吧？我弟弟这么优秀，到底哪里比不上那家伙了？"

林嘉睿摸了摸自己的脸颊，实话实说道："可能是……脸？"

二姐被他气个半死，说："你都一把年纪了，能不能稍微上点心？别样样都被别人抢先了。"

"二姐你不是吧，连这都要攀比？"

"别插科打诨，"二姐斜睨着他，说，"你明白我的意思。"

说完她提起裙摆，又气势汹汹地走了。

林嘉睿望着她的背影，心想，他当然明白。

不过……

他叹了口气，低下头继续吃饭。

下午，新郎新娘去附近的湿地公园拍外景，林嘉睿这个伴郎当然也得奉陪了。

不过真正拍摄起来，主角变成了林洋小朋友。

林嘉文跟所有傻爸爸一样，一边感慨着"洋洋好可爱"，一边问林嘉睿："怎么样？我们家洋洋是不是有当演员的天分？"

啊，这……

林嘉睿实在不知如何回答才好，只得悄悄溜开了。

林嘉睿溜达到附近的凉亭时，一道人影从凉亭里走出来，差点与他撞个正着。

对方连声说着"抱歉"，很快走远了。

林嘉睿瞧那背影有些眼熟，隔一会儿才想起来，就是三嫂的那位伴娘。

他心中一动，又往前走了几步，果然看见林易坐在凉亭里。

因为天热，林易的外套早已脱了，只穿一件白衬衫，衬衫袖子稍稍挽起，露出一点儿青筋突起的胳膊。

林嘉睿不得不承认，这人确实比自己有魅力。

林易朝他招了招手，说："过来坐。"

林嘉睿站着没动，问："我是不是……不该这时候过来？"

"没什么，"林易笑了一下，说，"刚才跟潘小姐聊了几句。"

林嘉睿这才走过去坐下来，装出不怎么在意的样子，问："聊什么啊？"

"潘小姐觉得，我今天穿的西装挺好看。"

有吗？

林嘉睿心里直哼哼，他怎么觉得很普通。

林易接着说道："她想问问我这身西装是在哪里买的，她也给未婚夫买一套。"

"啊？"林嘉睿一下没忍住，扬声道，"她有男朋友了？"

"当然。"

林嘉睿"哦"了一声，嘟囔道："真可惜，怎么优秀的女孩子一个个都名花有主了？"

林易含笑看着他，问："真可惜还是假可惜？"

林嘉睿没答话，站起身道："我先走了。"

走出去几步，他又回头望了林易一眼。

林易眉眼英俊，一如往昔，问他道："看什么？"

林嘉睿说："你那身西装……是挺好看。"

下午拍完外景，晚上的婚宴才是重头戏。

林嘉睿这个伴郎的重要性也在此刻体现出来了——替新郎挡酒。

林嘉睿酒量不错，但喝多了仍旧有些上头。

好在林嘉文这个当哥哥的还算照顾他，马上便找了别人来替他。

林嘉睿便走到外面吹了会儿风。

酒劲刚过去一些，林嘉睿就听见一阵喧闹声。

有人嚷嚷道："放烟花了！"

市区实行烟火管制，早不能放了，但他三哥包下了对面大楼的 LED 屏，现场来了一场烟花秀。

林嘉睿站在窗口看见了，有些无语。

该怎么评价他三哥这种行为呢？浪漫中透着土气？

正在这时，一只软软的手牵住了他的手。

小手的主人喊他："叔叔。"

林嘉睿回头一看，是打扮得漂漂亮亮、像个小绅士的林洋。

"洋洋想看烟花吗？叔叔抱着你看。"

"不用了。"林洋一脸嫌弃，"太土了。"

幸好，这孩子的审美还算有救。

林洋问林嘉睿："叔叔你不开心吗？"

林嘉睿一愣："怎么看出来的？"

林洋指了指他的眉心，说："你眉头皱得这么紧。"

"是吗？"可能喝了酒的人，总是更容易泄露情绪吧。

"叔叔，再去坐一次摩天轮吧。"

"嗯？"

"上次我许的愿，很快就实现了。"

"啊……"林嘉睿这才明白过来，"你的愿望是，爸爸妈妈可以结婚？"

林洋使劲点头。

林嘉睿不由得摸了摸他柔软的发顶。

林洋一脸天真，说："叔叔也去许个愿吧，会实现的。"

林嘉睿不觉失笑。

"我已经许过了，"他说，"很多年前。"

林洋便问："实现了吗？"

烟花"嘭嘭嘭"炸响，五光十色的。

林嘉睿在这光影里沉默了一会儿，道："一半一半吧。"

林洋自然听不懂。

林嘉睿牵起林洋的小手，道："这儿风大，我们换个地方。"

林洋蹦蹦跳跳地跟着他，问："去哪里呀？"

林嘉睿望向走廊的另一头。

那处立着一个背景板似的人。

那身西装穿在他身上，确实出色。

林嘉睿踏着斑驳的光影，一步步朝他走过去，低声地、自言自语般地说了一句什么。

晚风送来他的声音，他说——

"去找我的愿望。"

【全文完】

图书在版编目（ＣＩＰ）数据

旧梦 ／ 困倚危楼著.
一武汉 ： 长江出版社，2021.10
ISBN 978-7-5492-8025-4

Ⅰ．①旧… Ⅱ．①困… ②左… Ⅲ．①长篇小说—中国—当代 Ⅳ．① I247.5

中国版本图书馆 CIP 数据核字（2021）第 211529 号

旧梦　困倚危楼　著
JIU MENG

出　　版	长江出版社	
	（武汉市解放大道 1863 号）	
选题策划	阿　朱　靳　丽	
市场发行	长江出版社发行部	
网　　址	http://www.cjpress.com.cn	
责任编辑	陈　辉	
特约编辑	册　子	
封面设计	梦幻鱼	
印　　刷	长沙鸿发印务实业有限公司	
版　　次	2021 年 10 月第 1 版	
印　　次	2021 年 11 月第 1 次印刷	
开　　本	880mm×1230mm　1/32	
印　　张	9.5	
字　　数	212 千字	
书　　号	ISBN 978-7-5492-8025-4	
定　　价	45.80 元	